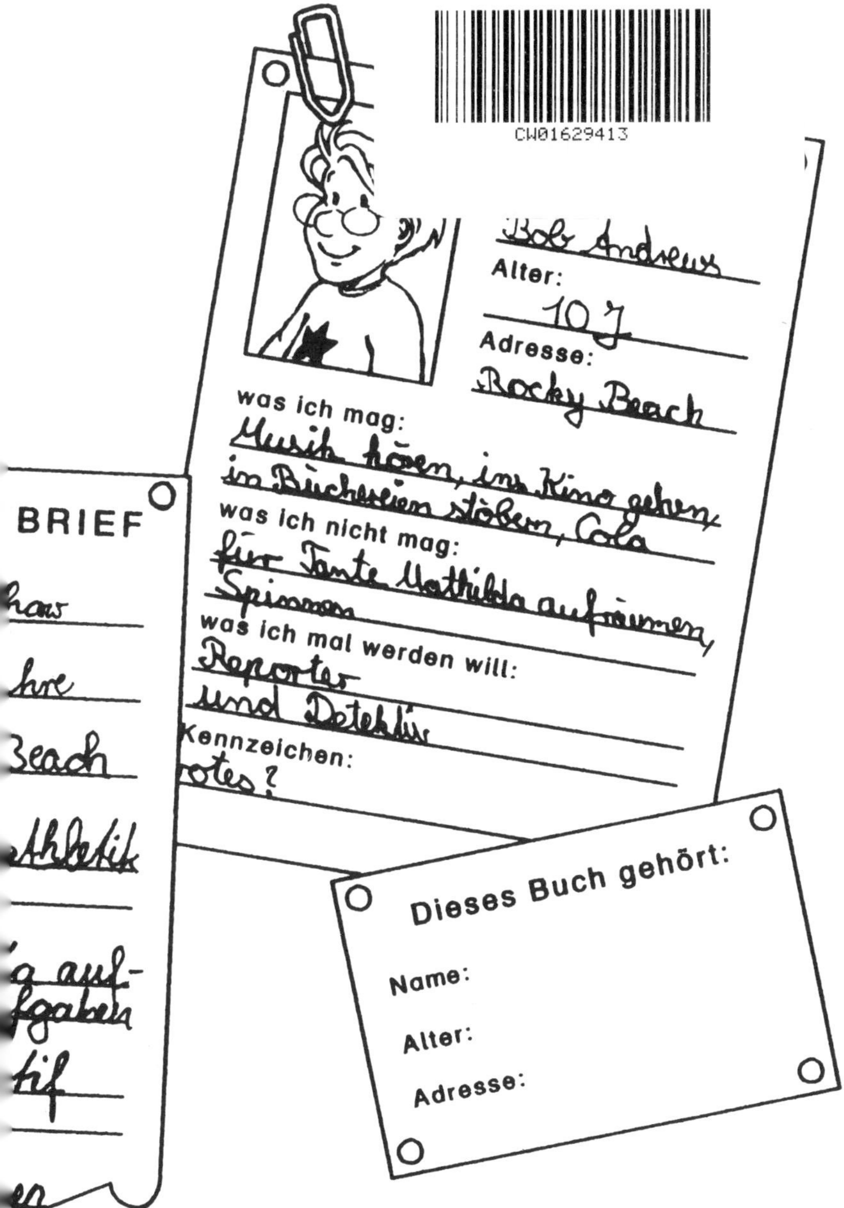

Bob Andrews
Alter:
10 J.
Adresse:
Rocky Beach
was ich mag:
Musik hören, ins Kino gehen,
in Büchereien stöbern, Cola
was ich nicht mag:
für Tante Mathilda aufräumen,
Spinnen
was ich mal werden will:
Reporter
und Detektiv
Kennzeichen:
BRIEF
Dieses Buch gehört:
Name:
Alter:
Adresse:

Die drei ???® Kids

Panik im Paradies

Erzählt von Ulf Blanck

Illustrationen von Stefanie Wegner

KOSMOS

Umschlagillustrationen und Innenillustrationen
von Stefanie Wegner, Hamburg

Informationen senden wir Ihnen gerne zu

Bücher · Kalender · Experimentierkästen · Kinder- und Erwachsenenspiele

Natur · Garten · Essen & Trinken · Astronomie
Hunde & Heimtiere · Pferde & Reiten · Tauchen · Angeln & Jagd
Golf · Eisenbahn & Nutzfahrzeuge · Kinderbücher

KOSMOS Postfach 10 60 11
D-70049 Stuttgart
TELEFON +49 (0)711-2191-0
FAX +49 (0)711-2191-422
WEB www.kosmos.de
E-MAIL info@kosmos.de

»Panik im Paradies« ist der erste Band der Reihe »Die drei ???® Kids«, siehe auch S. 127

Dieses Buch folgt den Regeln der neuen Rechtschreibung.

Bibliografische Information der Deutschen Bibliothek
Die Deutsche Bibliothek verzeichnet diese Publikation in der Deutschen Nationalbibliografie; detaillierte bibliografische Daten sind im Internet über http://dnb.ddb.de abrufbar.

ISBN 3-440-07789-6
Grundlayout: Friedhelm Steinen-Broo, eStudio Calamar
Printed in Czech Republic / Imprimé en République tchèque

Die drei ???® Kids
»Panik im Paradies«

Nichts geht ohne Tante Mathilda

Es war ein sehr heißer Tag in Rocky Beach. Wahrscheinlich war es sogar der heißeste im ganzen Jahr. Justus Jonas stand der Schweiß auf der Stirn, als er seinen Rucksack packte.

»Taucherbrille, Schnorchel, Chips und eine Dose Cola. Ich glaub, ich hab alles«, dachte er laut und polterte die Holztreppe hinunter. Gerade wollte er die Haustür öffnen, als er hinter sich eine laute Stimme vernahm:

»Moment, Justus!« Es war Tante Mathilda. Man konnte ihr einfach nicht entkommen.

»Hast du dich eingecremt?«

»Ja, hab ich«, nickte er.

»Hast du Brote und kalten Tee mitgenommen?«, fragte sie weiter und stellte sich ihm in den Weg.

»Hab ich.« Natürlich stimmte nichts davon.

»Dann schwimm nicht so weit raus, ärgere die

Leute am Strand nicht, hier hast du noch ein Handtuch, Sonnencreme und einen Apfel. Komm nicht zu spät zurück – auch wenn Ferien sind!«

»Ja, ja, Tante Mathilda ...«

»Fast hätte ich es vergessen: Hier hab ich noch Onkel Titus' alten Schlapphut. Der ist gut gegen die

Sonne. Da kann man sich gar nicht genug vorsehen. Siehst du, passt wie angegossen.«

Lächerlich! Bestimmt sah er aus wie eine Vogelscheuche.

Sobald Justus außer Sichtweite war, riss er den grünen Schlapphut vom Kopf. Erst wollte er ihn in seinen Rucksack stopfen. Doch dann besann er sich und versteckte das hässliche Ding hinter der Regentonne.

»Tante Mathilda ist zwar die liebste Tante der Welt, aber sie will einfach nicht begreifen, dass ich kein Baby mehr bin«, grummelte er und schwang sich auf sein Fahrrad. »Aber Tanten müssen wahrscheinlich so sein.«

Der schwarze Asphalt flimmerte in der Sonne und Justus trat keuchend in die Pedale. Der Fahrtwind kühlte angenehm sein Gesicht. Das Fahrrad hatte Onkel Titus auf seinem Schrottplatz aus fünf oder sechs kaputten zusammengebaut und so sah es auch aus: silber, grünmetallic und teilweise orange. Zumindest hatte es eine Dreigangschaltung und das war besser als nichts.

Bevor Justus am Ortsschild von Rocky Beach vorbeifuhr, musste er einen letzten Hügel erklimmen. »Geschafft!«, schnaufte er, denn ab jetzt ging es nur noch bergab. Er nahm die Hände vom Lenkrad, breitete die Arme aus wie ein Vogel und schoss freihändig den Berg hinunter. Wenn Tante Mathilda das sehen könnte …

Neben der Straße führte die alte Eisenbahnlinie entlang. Die verrosteten Schienen konnte man im Gestrüpp kaum noch erkennen. Etwas weiter gabelten sich die Gleise und genau an der Stelle stand die Kaffeekanne. In Wirklichkeit war es ein verrosteter Wassertank für die alten Dampflokomotiven. Er war viermal so groß wie eine Telefonzelle und stand auf einer Konstruktion aus Holzbalken – wie auf einem Hocker. Unten führte ein dickes Wasserrohr direkt ins Innere des Tanks und an dieses Rohr waren Stahlsprossen geschweißt. Aus der Seite ragte eine schwenkbare Röhre. Hierdurch waren früher die alten Loks mit Wasser aufgefüllt worden.

Von weitem sah der Tank aus wie eine Kaffeekanne und darum wurde er auch so genannt. Man konnte von unten durch die Luke in den Wassertank einsteigen. Innen drin war Platz genug für mindestens drei Personen. Hier wurden Pläne ausgeheckt, Pfandflaschen gesammelt und Gummibärchen gelagert. Die Kaffeekanne war nicht nur Treffpunkt, sondern Hauptquartier, Lager und Geheimversteck.

Justus holperte über die Gleise geradewegs darauf zu. Plötzlich öffnete sich knarrend und quietschend an der Unterseite eine Luke. Zuerst sah man nur wuschelige Haare, dann kam das ganze Gesicht zum Vorschein.

»Da bist du ja endlich, Just! Wir schwitzen uns gerade die letzte Spucke aus dem Mund.« Es war Peter Shaw und neben ihm tauchte auch schon kopfüber Bob Andrews auf. Mit einer Hand hielt er seine Brille fest.

»Nichts wie raus aus der Sauna«, keuchte er und kletterte die Sprossen hinab.

»Na, dann kann's ja losgehen!«, rief Justus.

Jetzt war das Trio komplett: Justus, Peter und Bob aus Rocky Beach, drei Freunde, stets auf der Suche nach dem nächsten Abenteuer. Keine Frage sollte lange ohne Antwort bleiben. Das war das Motto der jungen Detektive.

Und wenn man genau hinsah, konnte man es oben auf der Kaffeekanne erkennen. Dort baumelte eine kleine Fahne aus schwarzem Stoff. Und in der Mitte zeigte sie ein weißes, ein rotes und ein blaues Fragezeichen. Das Symbol der drei ???.

Glühender Asphalt

Peter sprang als Erster auf sein Rennrad. Bob folgte ihm und trat kräftig in die Pedale. »Der Letzte muss den Strand fegen!«, lachte er.

»Die Letzten werden die Ersten sein«, murmelte Justus und fuhr den anderen hinterher. Sie erreichten wieder die Straße und es ging immer noch bergab. Die Sonne stand inzwischen senkrecht am Himmel. Und je mehr sie sich dem Strand näherten, desto stärker konnten sie die Brandung hören und die salzige Luft schmecken. Mit Schwung nahmen die drei ??? den letzten Hügel und da kam es zum Vorschein: das Meer – tiefblau und unendlich weit. Wie ein riesiger Teppich lag es vor ihnen und wartete nur darauf, dass sie sich in sein kühles Nass stürzten.

Die Straße machte einen kleinen Bogen, als plötzlich eine schwarze Limousine von hinten angeschossen kam.

»Achtung!«, schrie Justus, den es fast erwischt hätte. Laut hupend jagte der Wagen um die Kurve

und Peter konnte sich nur noch mit einem Sprung vom Fahrrad retten.

»Ist der nicht ganz dicht?«, fluchte Bob und tippte sich an die Stirn.

Justus rannte sofort zu Peter und fragte besorgt: »Alles in Ordnung bei dir?«

»Schon okay«, stöhnte dieser und hob sein Rad auf. »Nur schade, dass keiner meinen Stunt gefilmt hat. Hätten die mir in Hollywood bestimmt abgekauft«, grinste er mühsam.

»Der Typ hat sie ja wohl nicht mehr alle auf der Pfanne«, fluchte Bob. »Man sollte seinen Führerschein zerreißen und ihn in den Bus setzen! Idiot!«

»Woher willst du wissen, dass es ein Typ war und

keine Frau?«, fragte Justus und knetete nachdenklich seine Unterlippe.

»Ich glaub es nicht. Da fährt man uns halb tot und Just macht einen auf Detektiv«, schimpfte Bob.

Dennoch hatte Justus Recht. Der Wagen war viel zu schnell gefahren, um den Fahrer erkennen zu können. Nur eine Sache hatte er sich eingeprägt. Die schwarze Limousine hatte ein Zeichen im Kühlergrill: einen roten Skorpion auf gelbem Untergrund. Diese Beobachtung behielt er aber für sich. Er wollte von Bob nicht noch einen dummen Spruch riskieren.

Kurze Zeit später erreichten die drei ??? die Steilküste und der Schreck war vergessen. Um einen abgestorbenen Baum herum schlossen sie ihre Fahrräder zusammen. Von der Kante der Steilküste ging es über fünf Meter senkrecht hinunter. Unten lag eine kleine Bucht mit feinem weißen Sand. Meistens waren die drei die Einzigen an dieser Stelle, denn kaum einer wagte es, hier herunterzuklettern.

»Dann mal los!«, rief Peter und durchsuchte das Gestrüpp unter dem Baum. »Ich hab es«, lachte er plötzlich und hielt ein kräftiges Seil in der Hand. Die drei hatten es einmal am Strand gefunden und seitdem diente es als Kletterseil. Wahrscheinlich hatte

es ein Fischerboot oder ein Frachter im Sturm verloren. Das Ende des Seils war an dem Baum mit den Fahrrädern festgeknotet. Peter hangelte sich als Erster hinab. Dann spuckte Bob in die Hände und packte fest das Seil.

»Auf dass der Tampen reißt und uns die Haie fressen – beim heiligen Klabautermann!«, rief er laut. Bob hatte viele Piratenfilme gesehen und wusste, dass Seeleute diese dicken Seile Tampen nannten.

»Ich warte lieber, bis ihr unten seid«, sagte Justus. So ganz vertraute er dem alten Tampen nicht. Außerdem war er nicht gerade der Leichteste von den dreien.

»Los, Peter! Auf mein Zeichen entern wir die Bucht und springen ab!«, rief Bob. »Zum Angriff!« Und beide sprangen die letzten Meter in den weichen Sand.

Als sich Justus dann langsam und bedächtig abseilte, tobten Peter und Bob schon längst in den Wellen.

Kannibalen in Sicht

Der Sand war so heiß, dass man sich fast die Füße verbrannte. Justus hatte das Gefühl, auf glühenden Kohlen zu laufen.

»Komm rein, Just!«, rief Bob. »Ich hab die Haie alle weggescheucht.« Doch Justus reichte es, bis zum Bauch in der Brandung zu stehen. Wenn er mal rausschwamm, dann nur mit einem T-Shirt.

Kurze Zeit später lagen alle drei auf ihren Handtüchern, aßen Chips und tranken Cola. Der leichte warme Wind trocknete ihre Haare und die Sonne spiegelte sich in den Wellen.

»Seemann ist eigentlich kein schlechter Job«, dachte Bob laut. »Monatelang auf einem Schiff und nichts zu tun. Herrlich!«

»Nicht übel«, fand auch Peter. »Die haben Fernseher an Bord, Tischtennisplatten und ganz sicher kalte Cola.«

»Ich weiß nicht, mir wäre das zu langweilig«, meinte Justus.

Plötzlich stand Bob auf und hielt sich die Hände wie einen Trichter vor den Mund. »Land in Sicht! Ich sehe Land!«

Peter stellte sich neben ihn. »Alle Mann von Bord, das Schiff sinkt! Frauen und Kinder zuerst ... ab ins Rettungsboot!« Sie setzten sich beide auf Justus und taten so, als würden sie um ihr Leben rudern.

»Und eins, und eins, und eins ... schneller, ihr Süßwassermatrosen!«, feuerte dieser sie an. »Wir saufen sonst ab, Männer! Die Nussschale ist so morsch, dass überall Wasser eindringt!«

Dann krabbelten alle drei mit letzter Kraft durch den Sand und blieben erschöpft liegen. »Geschafft. Nach fünf Tagen im Meer haben wir wieder festen Boden unter den Füßen. Neptun sei Dank ...«, stöhnte Justus.

»Hier sind Fußspuren im Sand. Ob es Kannibalen auf der Insel gibt?«, rief plötzlich Peter und tat, als sei er zu Tode erschrocken.

»Menschenfresser, Kannibalen!«, schrien alle

durcheinander und versteckten sich unter ihren Handtüchern.

»Die sollen zuerst Just fressen, danach sind sie satt«, grölte Bob.

»Klar! Denn von dir kriegen sie Sodbrennen und könnten tagelang nicht mehr tauchen!«, brüllte Justus zurück.

»Wieso sollten die Kannibalen dann nicht mehr tauchen können?«, fragte Peter.

»Weil Bob so hohl ist«, schrie Justus und schmiss sich vor Lachen in den Sand.

Die Stunden vergingen und gleichmäßig donnerten die Wellen gegen die Felsen der Steilküste. Der Wind hatte ein wenig aufgefrischt und auf dem Meer tanzten kleine Schaumkronen.

Peter ließ den heißen Sand durch seine Finger rieseln. »Die Hitze trocknet mir das Gehirn aus«, stöhnte er und trank den Rest aus seiner Cola. »Just hat anscheinend auch schon einen Sonnenstich«, lachte er. Er zeigte auf Justus, der aus seinem Comic eine Wurst rollte und sich vor das Gesicht hielt.

»Was machst du da?«, fragte Bob neugierig.

Darauf hatte Justus Jonas nur gewartet und er erklärte gelassen wie ein Geschichtslehrer: »In Zeiten der Not hat man früher auf See solche Rollen als Fernrohr benutzt. Und was soll ich euch sagen: Dies ist ein Notfall.«

»Wieso, sinkt ein Schiff?«, fragten die beiden erschrocken.

»Nein, viel besser!«, sagte Justus. Peter und Bob kannten diese Art von ihm und plötzlich roch es ganz gewaltig nach Abenteuer. »Guckt mal mit einem Auge hier durch, ihr werdet euch wundern.«

Bob hielt den aufgerollten Comic vor seine Brille und blinzelte auf den Ozean. »Da, ja … ich seh Piraten! Alles voller Piraten! Ich seh brennende Segel und Enterhaken. Haltet aus, Mylady, ich komme und rette Euch«, schrie er lachend und stürzte sich ins Wasser.

»Gib mir mal!«, rief Peter dazwischen und schnappte sich das ›Fernrohr‹. »Tatsächlich, ein bisschen besser kann man damit wirklich gucken.«

»Dann siehst du wahrscheinlich auch diesen kleinen Punkt zwischen den Wellen, oder? Ich hab das merkwürdige Ding schon die ganze Zeit beobachtet«, sagte Justus nachdenklich.

Bob kam neugierig aus dem Wasser zurück. Die drei ??? standen auf den Zehenspitzen und starrten auf das Meer. Peter hielt sich immer noch die Rolle vor sein Auge. »Es ist nur ganz schwach zu erkennen und es verschwindet immer wieder zwischen den Wellenbergen. Doch da! Ja, ich bin ganz sicher. Es bewegt sich!«

Schreie aus dem Meer

»Es bewegt sich?«, fragte Bob ungläubig.

»Guck doch selbst durch«, sagte Peter ärgerlich.

Doch das brauchte Bob nicht mehr, denn in dem Moment hörten alle drei einen langen, klagenden Ruf aus der Richtung.

»Was war das?«, erschrak Peter. »Das hörte sich an wie ein Hilfeschrei.«

»Wir müssen die Küstenwache alarmieren«, rief Bob aufgeregt und rannte umher.

Justus blickte nachdenklich auf die Wellen. »Bis die hier sind, treibt es zu den Felsen und wird dort zerschmettert«, sagte er. Was konnte das da draußen nur sein? »Ein Mensch ist es nicht«, überlegte Justus nervös. »Der würde doch mit den Armen winken, wenn er Hilfe bräuchte.«

»Vielleicht hat er keine mehr«, meinte Peter ängstlich. »Ihr wisst schon ... die Haie!«

»Quatsch«, rief Justus dazwischen. »Hier gab es

noch nie Haie. Und außerdem hört sich das nicht nach einer menschlichen Stimme an.«

Peter konnte das nicht beruhigen. »Dann ist es ja noch schlimmer«, jammerte er.

Was auch immer dort draußen war, es trieb langsam an die Klippen und die Rufe wurden deutlicher.

»Wir müssen irgendetwas tun«, rief Bob. »Es muss etwas geschehen!«

Justus stand jetzt bis zum Bauch im Wasser. »Peter, meinst du, du könntest die Strecke schaffen?«, fragte er.

»Du bist wohl nicht ganz dicht!«, rief Peter zurück. »Wer weiß, was das für ein Vieh ist. Und vielleicht ruft es uns nicht, sondern will uns warnen.«

»Du würdest es also nicht schaffen?«, wiederholte Justus seine Frage.

»Natürlich würde ich es schaffen. Es ist nur ... es ist nur ...« Ein verzweifelter, kläglicher Schrei unterbrach ihn. »Mann, verdammter Mist! Immer muss ich es machen«, rief er ärgerlich und rannte entschlossen ins Wasser.

»Du bist eben der beste Schwimmer«, rief ihm Justus hinterher. »Sowie du mit den Armen winkst, holen wir sofort Hilfe.«

Das Letzte hörte Peter nicht mehr, denn in dem Moment tauchte er kopfüber unter einer Welle hindurch. Er war tatsächlich der beste Schwimmer und hatte schon mehrere Übungen als Rettungsschwimmer hinter sich. Nur diesmal sollte er keine Puppe aus dem Wasser holen, sondern etwas Nichtmenschliches, das schrie und zappelte.

Um ihn herum brachen sich die Wellen und schleuderten Peter immer wieder zurück. Bob und Justus versuchten ihm vom Strand aus die Richtung zu zeigen, doch Peter konnte diese Zeichen nicht deuten. Näher und näher trieben ihn die Wellen an die gefährlichen Klippen. Wenn er nicht gleich dieses Ding erblickte, musste er umdrehen.

Plötzlich krachte eine große Welle auf ihn nieder und ein harter Gegenstand stieß gegen seine Schulter. Er rieb sich das Wasser aus den Augen, packte mit den Händen etwas Festes, zog sich daran hoch und blickte in zwei große Augen. Es war ein kleiner Seehund. Ängstlich klammerte sich das arme Tier an eine zerbrochene Schiffsplanke und wimmerte wie ein Baby. Es schien so, als ob beide über dieses Zusammentreffen erleichtert waren. Peter, da er nicht von unbekannten Wesen gefressen wurde, und der junge Seehund, weil endlich Rettung gekommen war.

»Was bist du denn für einer«, lachte Peter und schob die Planke in Richtung Ufer. Justus und Bob kamen ihm die letzten Meter entgegen geschwommen und zogen die schwere Holzplanke an den Strand.

»Das ist ja ein Heuler!«, rief Justus und nahm ihn auf den Arm.

Bob betrachtete das Tier und meinte: »Ich finde, der sieht eher aus wie ein Seehund.«

»Das ist er doch auch«, sagte Justus. »Ein Heuler ist ein junger Seehund, der seine Eltern verloren hat.«

Peter und Bob schwiegen. Sie wussten, dass Justus bei Tante Mathilda und Onkel Titus wohnte. Seine Eltern waren bei einem Flugzeugabsturz ums Leben gekommen, als er fünf Jahre alt war.

»Wir werden dich Jonas nennen«, sagte Justus plötzlich.

»Also, so wie du: Justus Jonas?«, fragte Bob.

»Entweder so oder wie Jonas und der Walfisch«, lachte er und Peter und Bob waren sofort einverstanden.

Waisenkind Jonas

Justus trug Jonas zum Lagerplatz und wickelte den kleinen Heuler in sein Handtuch. Völlig erschöpft legte das Tier den Kopf auf die Seite und blinzelte in die Sonne.

»Der braucht Schatten und muss feucht gehalten werden«, wusste Bob und die drei ??? bauten einen Sonnenschutz aus Handtüchern und Holzstöckchen.

»Ohne dich würde der kleine Seehund jetzt gegen die Klippen schlagen«, wurde Peter gelobt und vor Stolz bekam er rote Ohren.

»Ach, das war doch ein Klacks«, lachte er. »Solange ich kein Schiff an Land ziehen muss, mach ich das sogar mit einer Hand auf dem Rücken.«

Wie auf Kommando sahen alle drei auf die Planke. Vor lauter Aufregung hatten sie diese völlig vergessen. Gehörte sie zu einem Schiff? Wie war der Heuler überhaupt darauf gekommen?

Justus knetete nachdenklich seine Unterlippe:

»Nehmen wir einmal an, der kleine Seehund kommt von einer der Sandbänke in der Nähe von Rocky Beach. Warum schwimmt er plötzlich los, findet zufällig diese Planke, springt rauf und lässt sich dann vom Meer wegtreiben?«

»Das stimmt«, bekräftigte Bob. »Ein merkwürdiger Zufall. Tiere bleiben bei ihrer Familie. Andererseits frage ich mich: Woher kommt überhaupt diese Planke? Wisst ihr, woran mich das erinnert?«

»Ich weiß«, antwortete Peter. »An einen Schiffbrüchigen. Bestimmt war es so: Ein Schiff ist gesunken und hatte lauter Tiere an Bord.«

»Vielleicht einen Zirkus?«, überlegte Bob weiter. »An Bord waren haufenweise Tiere und plötzlich

läuft das Schiff auf ein Riff auf und sinkt. Alle saufen ab, nur der Seehund rettet sich auf eine Planke. Wie Robinson Crusoe.«

Justus blickte nachdenklich auf das Meer.

»Suchst du nach weiteren Überlebenden, Justus?«, fragte Peter und übergoss den Heuler mit einer Ladung Wasser aus einer Colaflasche.

Justus setzte sich wieder und untersuchte die Schiffsplanke. »Ich weiß nicht. Es gibt keine Beweise für die Sache mit dem Zirkusschiff. Es könnte auch komplett anders gewesen sein. Außerdem ist diese Holzplanke sehr morsch. Die trieb schon lange im Wasser.«

»Ein Geisterschiff?«, rief Peter aufgeschreckt.

»So etwas gab es doch nur früher«, sagte Bob. »Heutzutage wird der Ozean ständig mit Radar und durch Satelliten überwacht.« Er wusste das, weil sein Vater als Journalist bei einer Zeitung arbeitete und vor kurzem eine Reportage darüber geschrieben hatte.

»Den Heuler können wir nicht fragen, das steht

fest«, erklärte Justus. »Bleibt also nur diese alte Schiffsplanke. Wenn man genau hinguckt, erkennt man einige Einkerbungen. Vielleicht haben sie eine Bedeutung. Hier ist so etwas wie ein Kreuz. Man müsste diese ganzen Seepocken vorsichtig abkratzen und vielleicht ...« In dem Moment wurde er von Jonas, dem Seehund, lautstark unterbrochen. Er hob seinen Kopf und heulte bitterlich auf.

»Ich weiß, was er hat«, rief Peter. »Genau das Gleiche, was Justus ewig plagt. Nämlich Hunger.«

»Der sieht aus, als ob er seit Tagen nichts mehr gegessen hat«, fand auch Bob. »Vielleicht mag er Chips?« Doch über den Vorschlag musste er selbst lachen.

Nun hatten die drei ??? plötzlich die Verantwortung für einen kleinen Seehund. Justus hätte ihn am liebsten mit nach Hause genommen. Doch dann dachte er an Tante Mathilda und verwarf die Idee sofort wieder.

»Ich weiß, wo wir ihn hinbringen können«, rief Bob plötzlich. »Der alte Larson hat doch hier in der

Gegend seinen Privatzoo. Der versorgt Tiere, die ihm zugelaufen sind oder ihm gebracht werden.«

Peter fand den Vorschlag gar nicht gut. »Der verrückte Larson? Gibt es keine bessere Lösung? Ich war da mal, mit meinen Eltern. Der Typ kam mir ein bisschen merkwürdig vor. Wisst ihr, was der um den Hals trug? Eine Schlange! Mindestens zwei Meter lang. Der hat sie doch nicht mehr alle.«

Auch Justus und Bob hatten merkwürdige Dinge über den alten schrulligen Mann gehört. Larsons Zoo war aber die einzige Möglichkeit und Peter wurde überstimmt.

Es dauerte eine Weile, bis die drei ??? wieder die Steilwand hochgeklettert waren. Als Letzter wurde der kleine Seehund, fest in ein Handtuch gewickelt, mit dem Seil hochgezogen.

Larsons Paradies

»Also, auf den Gepäckträger können wir den armen Jonas nicht schnallen«, lachte Bob.

Justus hatte eine bessere Idee. Er leerte seinen Rucksack, verteilte alles auf Peter und Bob und steckte den Heuler vorsichtig hinein. Gott sei Dank hatte er Onkel Titus' Schlapphut nicht mitgenommen, das wäre jetzt ganz schön peinlich gewesen.

Die Fahrräder wurden wieder aufgeschlossen und die drei fuhren zu Larsons Zoo. Jonas, der Heuler, fand das alles sehr aufregend und streckte seinen Kopf neugierig aus dem Rucksack. Links und rechts von Peter fuhren Bob und Justus und gossen dem Seehund abwechselnd Meerwasser aus der Colaflasche über den Kopf. Jedes Mal, wenn eine Wasserladung kam, schien der Heuler zu lachen und klatschte in die Flossenhände.

»Was ist, wenn der alte Larson unseren Seehund gar nicht aufnehmen will?«, fragte Peter besorgt.

»Der will bestimmt«, beruhigte Bob. »Der komische Typ hat nur solche Tiere. Mein Vater hat einmal einen Hasen angefahren und zu Larson gebracht. Der wollte ihn wieder gesund pflegen.«

»Hasen sollen gut schmecken«, murmelte Peter.

»Hör auf uns Angst zu machen«, rief Justus dazwischen. »Larson mag zwar eine Macke haben, aber der wird doch keine Seehunde essen! Außerdem haben wir keine andere Wahl. Nach Hause kann ich Jonas nicht mitnehmen.« Er stellte sich Tante Mathilda vor, wie sie den Heuler in der Badewanne entdeckte, und musste grinsen.

»Mein Vater sagt, Larson war mal Kapitän auf einem Frachter«, erzählte Bob. »Eines Tages ging sein Schiff unter und er trieb zehn Tage in einem Rettungsboot im Wasser. Das Ding hatte ein Loch, und Tag und Nacht musste er schöpfen, sonst wäre er abgesoffen. Irgendwann konnte er nicht mehr und gluckerte schon so langsam zum Meeresgrund, als plötzlich ein Delfin kam und ihn wieder nach oben drückte. Kurz darauf hat ein Fischer ihn gefunden. Ohne den Delfin wäre Larson jetzt tot.«

»Das ist ja unglaublich«, fand Peter.

»Daraufhin hat er geschworen, jedem Tier zu helfen, das in Not ist. Er kratzte seine ganze Kohle zusammen und kaufte sich das Grundstück hier. Er lebt nur von dem, was ihm Besucher in seine Spendendose werfen oder in seine Futterautomaten stecken. Mein Vater sagt, abends stellt er sich oft an den Strand und ruft seinen Delfin.«

Der kleine Privatzoo lag in einem großen ausgetrockneten Flussbett. Eine tiefe Schneise durchschnitt die Steilküste und öffnete das Land zum

Pazifik. Der Zoo hatte so auf beiden Seiten durch die hohen Felswände eine natürliche Begrenzung. Zum Meer hin endete das Gelände in einer kleinen steinigen Bucht. Ein schmaler sandiger Weg führte von einem Parkplatz zum Eingang. Hier mussten die drei ??? von ihren Rädern absteigen.

»Los, schnell jetzt«, rief Peter. »Beeilt euch! Jonas verdreht schon die Augen vor Hunger.«

Kurze Zeit später standen sie vor der riesigen Holztür am Eingang. Zu beiden Seiten wucherte ein Dickicht aus Palmen und Lianen, wie im tiefsten Dschungel. Und obendrüber hing ein großes Schild mit der Aufschrift: Larsons Paradies.

Kapitän an Land

Justus blickte noch einmal zurück und entdeckte eine schwarze Limousine auf dem Besucherparkplatz. Er dachte an den roten Skorpion und am liebsten hätte er den Wagen danach abgesucht.

»Justus, nun komm schon! Wir haben keine Zeit mehr«, rief Bob und öffnete das große Tor.

»Gibt es hier Schlangen?«, fragte Peter ängstlich und guckte nervös auf den Boden.

»Früher gab es die hier mal. Aber nach und nach sind sie von den Krokodilen gefressen worden«, machte sich Bob über ihn lustig.

Peter fand das nicht witzig. »Hör auf mit den dummen Sprüchen. Ich hasse Schlangen. Und hier sieht das verdammt nach den Viechern aus.«

Der Weg führte immer tiefer in den Dschungel und über ihren Köpfen verdunkelte ein dichtes Blätterdach den Himmel. An einigen Stellen waren steile Stufen in den felsigen Untergrund geschlagen und der kleine Seehund wurde im Rucksack kräftig durchgeschaukelt. Doch dann öffnete sich das Dickicht und die drei ??? standen auf einer großen Lichtung.

»Das ist also Larsons Paradies«, sagte Justus beeindruckt.

Überall wuchsen exotische Obstbäume, und riesige Schmetterlinge flatterten im Sonnenlicht. Mitten durchs Gelände plätscherte ein kleiner fröhlicher Bach. Mehr war von dem großen Fluss nicht übrig geblieben, der sich vor langer Zeit hier ins Meer ergossen hatte. Es war still und friedlich im Zoo. Jetzt, gegen Abend, verließen die letzten Besucher den Park.

»Nun guckt euch mal diese riesige Schildkröte da vorn an«, rief Bob. »Ich wette, man kann auf ihr reiten.« Die Schildkröte guckte die drei ??? einen Moment müde an und fraß dann gemütlich weiter an ihrem Salatkopf.

»Die hat die Ruhe weg«, meinte Justus. »Genau wie Onkel Titus.«

Plötzlich fing Bob an zu lachen. »Was ist denn

das für ein komisches Tier. So etwas hab ich ja noch nie gesehen. Das sieht aus wie ein Teddybär mit Gurke im Gesicht. Nee, noch viel besser: So wie Justus in siebzig Jahren!« Er deutete auf Justus' knollige Nase.

»Das ist ein Nasenaffe, du Trottel«, sagte Justus ärgerlich und streckte dem Tier die Hand hin. Der Affe sah wirklich lustig aus und plötzlich griff er Justus' Hand und schüttelte sie, als würde er Guten Tag sagen.

»Der ist reif für den Zirkus«, sagte Peter.

»Wer von den beiden?«, rief Bob dazwischen und hielt sich den Bauch vor Lachen.

»Jetzt lasst uns endlich Larson suchen, sonst verhungert Jonas noch!«, sagte Justus wütend.

Plötzlich hörten sie von der anderen Seite eine Stimme. »Jonas ... Jonas«, krächzte es.

»Was war das?«, erschrak Peter.

»Hört sich fast an wie Tante Mathilda«, scherzte Justus und ging in Richtung der Rufe. »Mathilda ... Tante Mathilda ...«, ertönte es.

»Da!«, rief Bob. »Da ist der Schreihals!« Und er zeigte auf einen Käfig. Tatsächlich, dort saß ein kleiner schwarzer Vogel mit gelbem Schnabel. Unten drunter war ein Schild befestigt: ›Beo. Sprechende Papageienart.‹ Daneben stand ein Automat für Tierfutter.

»Schreihals ... Schreihals ... Tante Mathilda ...«, plapperte der Vogel.

»Los, Beo. Sag mal: Der alte Larson hat eine Macke«, flüsterte Bob. »Sag: Larson hat eine Macke.«

»Wer hat eine Macke?«, hörten sie plötzlich eine tiefe Männerstimme.

Die drei ??? rissen ihren Kopf herum und blickten Larson direkt in die Augen. Der alte Seebär trug einen schneeweißen Vollbart, auf dem Kopf eine Kapitänsmütze und zum Schrecken von Peter hatte er die zwei Meter lange Schlange um seinen Hals gewickelt.

»Ich ... ich ... ich wollte nur«, stotterte Bob. »Ich wollte nur ...«

»Was wolltest du nur?«, fragte Larson grimmig.

»Ich wollte nur mal gucken, ob ... also, ob der Beo ... ich meinte nicht Sie und ... äh.« Bob wäre am liebsten weggelaufen.

»Soso, der alte Larson hat also eine Macke«, murmelte der Kapitän in seinen Bart. Dann musterte er jeden Einzelnen und nahm langsam seine Pfeife aus dem Mund. An seinem Gürtel klapperte eine Sammelbüchse für Spenden. »Beim heiligen Klabautermann. Ihr Bengels habt eine große Klappe«, lachte er.

»... und wir haben einen kleinen Seehund, der am Verhungern ist«, platzte Justus heraus. In der Aufregung hätten sie Jonas, den Heuler, fast vergessen. Justus hob ihn jetzt sanft aus dem Rucksack.

»Na, das ist ja mal ein putziges Kerlchen«, sagte Larson und strich dem Seehund über den Kopf. Justus wollte gerade mit der Geschichte beginnen, als der alte Kapitän ihn unterbrach. »Das kannst du gleich alles erzählen. Erst mal braucht der Kleine einen ordentlichen Schluck zu trinken. Also, kommt mal mit! Wir gehen in mein Haus.«

Ein kurzer Weg führte die drei ??? zu einer kleinen windschiefen Hütte. Davor war eine Veranda aus Holz, auf der ein Schaukelstuhl stand. Auf der einen Seite blickte man ins Dickicht des Tierparks und zur anderen Seite sah man auf den unendlichen Pazifik.

»Dann mal rein in die gute Stube!«, lachte der alte Kapitän und öffnete knarrend die Holztür.

Affenjagd

Im Haus war es sehr finster und die drei ??? mussten sich erst einmal an die Dunkelheit gewöhnen. Es gab nur einen kleinen Raum, in dessen Mitte ein runder Tisch mit vier Stühlen stand. In der Ecke erkannten sie einen alten Kachelofen mit einer Herdplatte und einer kleinen Kochnische. An den Wänden hingen so unendlich viele merkwürdige Dinge, dass die drei ??? nicht wussten, wohin sie zuerst blicken sollten. Ausgestopfte Haie, Fischernetze, ein verrosteter Anker, Petroleumlampen, Harpunen, Seekarten, alte Logbücher, ein Fernrohr und, und, und …

»Ja, guckt euch nur um, Jungs. Zu jedem Ding da hab ich eine Geschichte auf Lager. Ich füttere aber erst einmal unseren kleinen Freund.« Larson nahm seine Schlange von der Schulter und legte sie in eine Kiste in der Nähe des Ofens. Peter ließ die Schlange keine Sekunde aus den Augen.

»Vor der brauchst du keine Angst zu haben. Du kannst sie ruhig einmal streicheln, wenn du willst.

Das ist eine ungiftige Würgeschlange.« Peter schienen die Worte des Kapitäns nicht gerade zu beruhigen. Larson wühlte zwischen Töpfen und allerhand Geschirr und fand eine kleine Nuckelflasche.

»Der Kleine muss langsam wieder aufgepäppelt werden und das geht am besten mit warmer Milch. Später bekommt er dann Fischbrei und Muschelfleisch.«

Justus hatte zwar immer Hunger, doch diesmal verging ihm der Appetit.

»Hier, mein Junge. Dann füttert mal euer Findelkind!«, sagte Larson und drückte Justus die Nuckelflasche in die Hand. »Am besten nimmst du den Heuler auf deinen Schoß und hältst mit der anderen Hand seinen Kopf!« Gierig saugte der kleine Seehund die Milch in sich auf.

»Ab jetzt nennen wir dich ›Mama Justus‹«, lachte Bob.

»So, und nun erzählt mal, wie ihr an den kleinen Fratz gekommen seid!«, sagte Larson. Er hörte aufmerksam zu und stopfte dabei seine Pfeife.

»Dolle Geschichte«, sagte er, als sie geendet hatten. »Darauf mach ich euch erst einmal eine schöne heiße Tasse Tee. Ihr mögt doch Tee, oder?«

»Ja, ja«, nickte Bob übertrieben. »Heißer Tee im Sommer ist das Größte.«

»Genau«, grinste der Kapitän. »Tee ist das Größte. Ich mach mir einen Schuss Rum mit hinein und ihr kriegt dazu ein Stück Kuchen.« Er nahm eine alte Kupferkanne vom Herd und goss jedem eine Tasse heißen Tee ein. Jede Tasse war sehr eigentümlich geformt. Die von Bob war leicht kugelig und hatte keinen Henkel.

»Das hab ich alles auf meinen Reisen gesammelt. Lauter altes Zeug, aber irgendwie kann ich mich nicht davon trennen.« Larson lehnte sich zurück und zündete seine Pfeife an. »Früher war ich mal genauso wie ihr Jungs. Immer gucken, wo es was zum Spekulieren gibt.«

»Spekulieren? Was ist das denn?«, fragte Peter und machte ein dämliches Gesicht.

»Man sagt das unter Seeleuten, wenn man seine

Nase überall reinsteckt, wo sie nicht hingehört. Immer auf der Suche nach dem nächsten Abenteuer. Mich hat das fast mein linkes Bein gekostet, aber das ist eine andere Geschichte.«

»Ach was. Wenn wir drei am ›Spekulieren‹ sind, passen wir auf uns auf«, tönte Bob und nahm einen kräftigen Schluck Tee aus der seltsamen Tasse.

»Dann pass mal auf, dass dir vor Schreck nicht gleich der Becher aus der Hand fällt! Der ist nämlich unersetzbar.«

»Wieso? Ist der aus Gold gemacht?«, lachte Bob.

»Nee, der ist aus einem Menschenschädel.«

Bob hielt sich entsetzt die Hand vor den Mund. Sein Magen drehte sich um und mit einem Satz sprang er auf und stürmte zum Ausgang.

»Keine Panik, mein Junge, das war nur Spaß«, lachte der Kapitän.

Doch Bob hörte es nicht mehr. Er riss die Tür auf, rannte hinaus und prallte gegen den Nasenaffen. Das Tier brüllte fürchterlich und aus dem Maul lief ihm weißer Schaum.

»Mit Gumbo stimmt was nicht!«, rief der Kapitän. Plötzlich packte der Affe Bob am Hals und warf ihn auf den Boden.

»Wir müssen ihm helfen!«, schrie Justus, da sprang das Tier durch die Tür herein. Für einen Moment blieb es unschlüssig stehen.

»Steht ganz ruhig auf, Jungs!«, flüsterte der Kapitän.

Justus und Peter erhoben sich von ihren Stühlen und drückten sich mit dem Rücken gegen die Wand. Wie von Sinnen rannte der Affe zum Tisch, hob ihn hoch und schmiss ihn krachend auf die Seite. Wild funkelten seine Augen und der weiße Schaum lief an seinem Fell herunter. Dann streckte er die langen Arme aus und bewegte sich auf Justus und Peter zu. Im letzten Moment riss der Kapitän das Fischernetz von der Wand und stürzte sich auf den Nasenaffen.

»Raus hier! Damit ist Gumbo eine Weile beschäftigt. Lauft, so schnell ihr könnt!«, kommandierte er und warf das Netz über den rasenden Affen. Das

Tier war außer sich vor Wut. Justus, Peter und der Kapitän stürzten nach draußen und halfen Bob wieder auf die Beine.

»Achtung, er hat sich bereits von dem Netz befreit«, keuchte Peter und zeigte in die Hütte. Von drinnen hörte man es gewaltig poltern und scheppern. Der Kapitän wollte gerade die Tür zuschlagen, als der Affe plötzlich wieder heraussprang.

»Nehmt die Beine in die Hand und haut ab, Jungs!«, befahl der Kapitän und alle vier rannten los. »Wir müssen uns aufteilen, sonst sind wir dran.«

Jeder nahm eine andere Richtung und der Affe blieb für einen Moment verwundert stehen.

»Es hat geklappt!«, keuchte Peter atemlos, doch damit lenkte er die Aufmerksamkeit des Affen auf sich. »Gumbo kommt hinter mir her«, jammerte er und legte noch einen Zahn zu.

»Macht schon«, rief der Kapitän. »Beeilt euch, klettert auf den großen Baum da vorn!«

Sekunden später saßen Bob, Justus und Larson auf einer dicken Astgabel. Peter hingegen lief um sein Leben. Mit riesigen Sätzen rannte er den Hügel hinab und fühlte schon die messerscharfen Zähne in seinem Nacken.

»Lauf, Peter, lauf, so schnell du kannst!«, schrie Justus und hielt sich krampfhaft an einem Zweig fest.

Aus dem Affenmaul spritzte immer mehr Schaum und Gumbos lautes Grunzen dröhnte durch den ganzen Park. Näher und näher kam das Tier. Panisch drehte sich Peter um und übersah dadurch eine Wurzel. Er stolperte und landete in hohem Bogen im Gras. Der Affe stürzte sich auf ihn, packte seinen Fuß und schleuderte Peter herum.

Gerade als Justus, Bob und der Kapitän ihm zu Hilfe eilen wollten, konnte Peter den Affen mit einem Tritt in den Magen abschütteln.

»Jetzt hierher!«, schrie Bob. Peter rappelte sich auf und rannte den Berg hinauf. »Nur noch ein paar Meter und du hast es geschafft!« Der Affe war ihm schon wieder auf den Fersen.

»Schnell, gib uns deine Hand!«, rief Justus und gemeinsam zogen sie den völlig erschöpften Peter auf den Baum.

»Ich bin erledigt ... vollkommen erledigt ... für mich ist die Geschichte hier zu Ende ...«, japste er, »aus, Schluss und vorbei!«

»Du hast es geschafft. Hier oben kann er uns nichts anhaben«, beruhigte Justus.

»Na ja«, sagte Bob, »es sei denn, Gumbo kann klettern. Und die meisten Affen können das normalerweise.«

Doch in dem Moment begann der Affe zu torkeln, verdrehte die Augen und fiel um.

»Ist er tot?«, erschrak Justus und sah den Kapitän an.

»Nein, nein«, sagte dieser. »Ich glaube, Gumbo schläft. Ich hör ihn schnarchen. Merkwürdig das Ganze ... sehr merkwürdige Geschichte ...«

Plötzlich fiel Justus der kleine Seehund ein.

»Jonas!«, schrie er. »Was ist mit Jonas?«

Piraten an Bord

Justus sprang mit einem Satz vom Baum.

»Pass auf!«, rief Peter ihm hinterher. »Was ist, wenn Gumbo wieder aufwacht?«

Aber Justus war schon am Haus und riss die Tür auf. Überall lagen kaputte Tassen und umgeworfene Stühle herum. »Jonas, wo bist du?«, rief er.

In der Kiste lag immer noch die Schlange des Kapitäns. Sie schien zu schlafen — oder verdaute sie gerade?

Doch in dem Moment kroch der kleine Seehund unter dem Küchenschrank hervor. Marmelade kleckerte ihm von oben aus einem umgekippten Glas auf den Kopf und er klatschte in die Flossenhände.

»Da bist du ja«, rief Justus freudig und nahm ihn auf den Arm.

»Ich versteh das nicht«, murmelte der Kapitän, der jetzt mit den anderen das Zimmer betrat. »Ich habe den Affen von klein auf. Der ist absolut zahm.

Noch niemals hat er jemanden angegriffen. Ich versteh das nicht ...«

»Beruhigen Sie sich«, sagte Justus. »Es gibt für alles eine Erklärung.«

Draußen ging langsam die Sonne unter und die drei ??? beschlossen, erst einmal nach Hause zu fahren. Der alte Kapitän wollte sich um den kleinen Seehund kümmern und am nächsten Morgen würden sie wieder vorbeikommen. Jonas hatte von nun an einen weichen Platz in Larsons Wäschekorb.

»Wenn irgendetwas mit Jonas sein sollte, können Sie uns ja anrufen«, sagte Justus noch. »Ich schreibe Ihnen die Telefonnummer von meiner Tante auf.«

Es war schon fast dunkel, als Justus die Tür öffnete.

»Da bist du ja endlich«, rief Tante Mathilda sofort. »Weißt du, wie viel Sorgen wir uns gemacht haben? Onkel Titus wollte schon mit dem Wagen nach dir suchen.«

»Na, so schlimm war es nun auch nicht«, beruhigte Onkel Titus aus dem Wohnzimmer.

Justus versuchte noch irgendwelche Ausreden zu erfinden. Er war aber viel zu müde dafür und verzog sich auf sein Zimmer. Mit einem lauten Gähnen fiel er ins Bett und zog die Decke über seinen Kopf. So lag er da und vor seinen Augen sah er plötzlich lauter weiße Wellen, die sich im Wasser überschlugen. Es schien, als würde sein Bett zu schaukeln beginnen wie ein kleines Fischerboot. Er träumte von dem unendlichen Meer. Die Sonne brannte erbarmungslos auf ihn nieder und er spürte einen quälenden Durst in seiner Kehle. Um seine kleine Nussschale herum schwammen hungrige Haie. Doch da! Dort hinten am Horizont war ein Segel. Nein! Mehrere Segel. Es war ein riesiges Segelschiff.

»Hilfe!«, schrie er. »Hilfe, rettet mich!« Und tatsächlich, das Schiff kam auf ihn zu. Er konnte es immer besser erkennen. Ein großer Dreimaster unter vollen Segeln. Plötzlich entdeckte er etwas, das ihm das Blut in den Adern gefrieren ließ: eine schwarze Flagge mit einem Totenkopf! Oder war es ein Skorpion? Piraten! Und oben auf dem Deck stand Kapitän Larson mit einer Augenklappe im Gesicht.

»Da haben wir ja einen dicken Fang gemacht«, lachte er und zeigte auf einen riesigen Kochtopf. »Der hier ist auch schön fett. Nicht so mager wie die anderen beiden Burschen.« Die anderen beiden waren Peter und Bob, die schon in dem Topf zappelten.

»Hilf uns, Justus!«, schrien sie. »Das sind Kannibalen.«

Justus wälzte sich im Bett herum und träumte die ganze Nacht wilde Geschichten. Von Totenköpfen, Riesenkraken, Schlangen, die Seehunde fraßen, und von geheimen Schatzinseln.

Tränen unter Palmen

Justus war froh, als ihn Tante Mathilda am nächsten Morgen weckte.

»Wie spät ist es?«, fragte er erschrocken.

»Gleich neun und du musst erst einmal duschen, frühstücken und dann ...« Den Rest hörte Justus nicht mehr, denn er rannte schon aus dem Zimmer.

Kurze Zeit später traf er sich mit Peter und Bob an der Kaffeekanne und sie machten sich auf den Weg zum Zoo.

»Da seid ihr ja endlich!«, rief ihnen der Kapitän entgegen. »Ich mache mir große Sorgen.«

»Ist was mit unserem Heuler?«, erschrak Justus.

»Nein, nein. Dem geht es blendend. Gumbo macht mir Sorgen.«

»Mir macht er auch Sorgen«, murmelte Peter.

»Doktor Dreyfuß untersucht ihn gerade. Kommt mal mit!« Larson führte die drei ??? zu einer Felsenhöhle, vor die eine Käfigtür gebaut war. An der Tür hing ein großer Schlüssel.

»Eigentlich sollte Gumbo hier drin aufwachsen. Er war aber so zahm, dass ich ihn immer frei herumlaufen ließ. Also hab ich die Höhle als eine Art Rumpelkammer benutzt. Doch momentan ist er hier besser aufgehoben.«

Justus bemerkte an der Höhlendecke einen zweiten schmalen Ausgang nach oben. Für den Nasenaffen war dieses Loch allerdings zu eng.

Der Affe lag mitten im Käfig auf dem Rücken und Doktor Dreyfuß beugte sich über ihn. »Ich kann mir die Sache nicht so ganz erklären«, sagte er. »Dem Affen geht es jetzt zwar besser, aber diese Anfälle gestern ...«

»Hat Gumbo vielleicht Tollwut?«, fragte Justus erschrocken.

»Nein, Tollwut ist es mit Sicherheit nicht. Das passt nicht zu den gelben Flecken auf seiner Zunge. Aber es gibt dennoch Ähnlichkeiten. Diese Aggressionen, der Schaum vor dem Mund ... Es gibt ein paar Pflanzenarten und Früchte, die so etwas hervorrufen. Aber hier in Kalifornien wachsen sie nicht.«

»Der bekommt nur Bananen und frisches Obst. Nur vom Feinsten«, rief der Kapitän dazwischen.

»Ich weiß«, sagte der Tierarzt. »Es kommen gleich zwei Helfer von mir vorbei. Die werden den Affen in meine Praxis transportieren. Dort kann ich ihn dann besser beobachten. Leider muss ich Ihnen sagen, Kapitän Larson, wenn wir nicht herausfinden, was ihm fehlt, kann er unmöglich in Ihren Zoo zurückkehren. Denken Sie nur an die Sicherheit der Besucher.«

»Und was würde das bedeuten?«, fragte Bob beunruhigt.

»Wir müssten einen anderen Platz für ihn finden. Das wird aber nicht ganz leicht sein. Wenn gar nichts mehr geht ... ja, leider, dann muss er ...« Doktor Dreyfuß sprach es nicht aus. »Doch wir hoffen das Beste. Ich sehe morgen früh wieder nach ihm. Auf Wiedersehen.«

Der alte Kapitän sackte neben dem Nasenaffen zusammen. Behutsam hob er seinen Kopf und versuchte ihn zu füttern. »Was machst du nur für

Sachen, alte Knollnase. Dabei kannst du keiner Fliege etwas zu Leide tun ... Ich versteh das nicht.«

Die drei ??? ließen ihn jetzt lieber allein und beschlossen nach dem Heuler zu sehen. Larson hatte vor seinem Haus eine alte Badewanne aufgestellt und Jonas planschte vergnügt im Wasser.

»Na, wenigstens ihm geht es gut«, freute sich Bob.

»Mir tut der alte Larson richtig Leid«, sagte Peter. »Der Zoo hier ist sein Leben. Aber ohne Tiere kommen keine Besucher. Und ohne Besucher gibt es keine Spenden. Wie soll er nur den Tierarzt bezahlen?«

Plötzlich hörten sie den Kapitän laut rufen: »Jungs, wo seid ihr? Kommt schnell her, ich brauche eure Hilfe!«

Sofort sprangen sie auf und rannten zum Kapitän. Schon von weitem sahen sie, was passiert war. Die Riesenschildkröte lag auf dem Rücken und Larson versuchte sie wieder aufzurichten.

»Helft mir. Einer muss vorsichtig ihren Kopf halten, wenn ich sie umdrehe!«, schrie er und alle packten mit an. Mit vereinten Kräften gelang es schließlich, das Tier wieder auf die Beine zu stellen. »Ich brauche schnell einen Eimer kaltes Wasser!«, rief der Kapitän und Peter lief sofort los. »Die Schildkröte lag die ganze Zeit auf dem Rücken in der Sonne. Sie lebt zwar noch, ist aber völlig überhitzt. Hätte ich sie nicht entdeckt, wäre sie mit Sicherheit gestorben.« Ihr langer Hals lag schlaff auf dem Boden.

»Hier ist das Wasser!«, rief Peter und er beträufelte den Kopf der Schildkröte.

»Ich glaube, sie hat noch einmal Glück gehabt. Aber ich versteh das alles nicht«, wiederholte Larson ratlos. Aus seiner Tasche kramte er einen kleinen Erste-Hilfe-Koffer, den er stets bei sich trug.

Justus knetete nachdenklich seine Unterlippe. »Sagen Sie mal, kann sich eine Schildkröte von allein auf den Rücken legen?«, fragte er.

»Niemals«, antwortete der Kapitän. »Ihr habt doch gesehen, wie schwer sie ist. Das ist absolut unmöglich.«

Der raue Seebär saß völlig verzweifelt auf dem Boden. Sein Zoo hatte vier Attraktionen: den zahmen Nasenaffen Gumbo, die Riesenschildkröte, den sprechenden Beo und die Schlange.

»Wenn dem Beo oder meiner Schlange auch noch etwas zustößt, bin ich erledigt. Ohne die Tiere kommen keine Besucher. Ohne Besucher kann ich den Zoo nicht finanzieren.« Der alte Mann nahm seine Mütze ab und wischte sich mit einem Taschentuch das Gesicht. Für lange Zeit schwiegen alle.

Plötzlich stand Justus auf: »Ich glaube, das, was

hier passiert ist, waren keine Zufälle«, sagte er mit fester Stimme.

»Was?«, riefen Bob und Peter.

»Ich bin sogar sehr sicher. Es gibt viele Fragen in dieser Geschichte, aber zu jeder Frage gehört auch eine Antwort.«

»So ist es«, sagte Bob und stand auch auf. »Irgendetwas ist hier faul. Und was das ist, werden wir herauskriegen.«

Peter stellte sich neben seine beiden Freunde und sagte: »Vertrauen Sie uns. Fragezeichen sind unser Spezialgebiet.«

Schatzkarten und UFOs

Die drei ??? ließen den Kapitän bei seinem neuen Patienten und marschierten zurück durch das Dickicht.

»Just«, fragte Peter. »Wo willst du eigentlich hin?«

»Noch hab ich keine Ahnung. Aber ich wollte nicht vor Larson darüber reden. Wie gesagt, ich glaube nicht an Zufälle.« Mittlerweile standen sie wieder bei den Fahrrädern am Eingang. »Also, was ist alles passiert: Zuerst fischen wir Jonas von einer Holzplanke. Dann wird der Affe verrückt und plötzlich liegt auch noch die Schildkröte auf dem Rücken.«

»Das passt aber alles nicht zusammen«, sagte Bob.

»Auf den ersten Blick nicht«, fuhr Justus fort. »Möglich ist aber alles. Vielleicht ist die Schildkröte auch verrückt geworden. Tiere sollen dann ungeheure Kräfte entwickeln. Unter Umständen hat sie sich doch selbst umgedreht.«

»Und was sollte das mit unserem Jonas zu tun haben?«, fragte Peter ängstlich.

Justus wurde jetzt sehr nervös: »Nun ja, wir wissen nicht, wo Jonas herkommt. Doch kaum ist er im Zoo, werden zwei Tiere krank. Wie soll ich das sagen ... Vielleicht hat er eine ansteckende Krankheit? Das ist natürlich nur eine Theorie.«

»Aber warum ist dann mit Jonas alles okay?«, fragte Bob.

»Vielleicht ist er dagegen immun. Ihm macht es nichts aus, aber er steckt andere Tiere damit an.«

Diese Vorstellung machte allen Angst. Der kleine Heuler sollte eine Krankheit eingeschleppt haben? Und was wäre, wenn es stimmte? Was würde der Tierarzt mit ihm machen?

»Das sind mir zu viele Vielleichts und zu viele Fragezeichen«, sagte Peter plötzlich.

»Darum lasst uns nach einer Antwort suchen«, sagte Justus. »Unser Seehund kann zwar nicht sprechen, aber er hat etwas mitgebracht, das uns helfen könnte.«

»Die Schiffsplanke«, sagten Peter und Bob im Chor.

Kurz darauf standen die drei ??? wieder am Steilufer.

»Ich hoffe nur, dass die Flut sie nicht weggespült hat«, sagte Justus beim Hinunterklettern.

»Hat sie nicht. Ich sehe sie da unten.« Peter zeigte auf die Stelle.

Tatsächlich. Da lag sie noch genauso wie am Tag zuvor.

»Wir müssen sie Stück für Stück untersuchen«, rief Bob und pustete den Sand von der Planke. Sie war aus sehr schwerem Holz gearbeitet und anscheinend schon sehr alt.

»Es sieht aus wie ein Teil von einem Wrack«, sagte Peter. »Wir müssen die Algen und Seepocken abkratzen. Vielleicht erkennt man irgendetwas darunter.«

Über zwei Stunden lang versuchten sie das Holzstück zu säubern. Sie kratzten mit kleinen harten Stöckchen die Seepocken ab und hatten am Ende das blanke Holz vor sich liegen.

»Hier sind lauter kleine Kerben. Wenn man von dieser Seite guckt, sieht es aus wie eine Landkarte«, meinte Bob.

»Und von hier sieht es aus wie ein Totenkopf. Vielleicht ist es eine Warnung«, sagte Peter und trat einen Schritt zurück.

»Es können aber auch unbekannte Schriftzeichen sein«, fand Justus.

Sie entwickelten immer neue Theorien. Mal waren es Zahnabdrücke von Haien und mal Brandspuren von UFOs.

»So kommen wir nicht weiter«, sagte Justus

erschöpft und trat gegen die Holzplanke. »Wir sind genauso schlau wie vorher. Vielleicht ist das auch alles Quatsch mit der blöden Planke. Fahren wir nach Hause. Tante Mathilda schickt sonst wieder Suchmannschaften mit Hubschraubern los.«

Die drei ??? lachten etwas mühsam und dann fuhr jeder frustriert heim.

Alarmstufe Rot!

Justus wollte gerade ins Bett gehen, als er hörte, wie unten das Telefon klingelte.

»Justus, ist für dich!«, rief Onkel Titus nach oben.

Justus rannte die Treppe hinunter und nahm den Hörer in die Hand. »Ja, hier ist Justus Jonas?«

»Justus, hier ist Erik Larson. Ihr müsst sofort kommen, es ist schon wieder etwas Schreckliches passiert. Ich weiß nicht mehr, was ich tun soll. Jetzt ist alles aus.« Der Kapitän schien mit den Nerven am Ende.

Gerade wollte Justus Genaueres erfragen, als Tante Mathilda auf ihn zukam: »Wer ruft denn so spät noch an?«, fragte sie.

Justus reagierte blitzschnell und antwortete: »Bob fragt, ob ich heute Nacht bei ihm schlafen darf. Dann können wir gleich morgen früh von da aus zum Strand.«

Tante Mathilda zupfte sich sorgenvoll am Ohr, war dann aber einverstanden: »Gut, dann fahr aber los, bevor es ganz dunkel wird.«

»Okay, ich bin gleich da«, rief Justus ins Telefon und legte auf.

Auf der anderen Seite hielt der verwirrte Kapitän immer noch den Hörer ans Ohr. »Hallo? Hallo? Justus, bist du noch dran? – Verrückte Jungs«, brummelte er in seinen Bart.

Justus rannte schnell wieder auf sein Zimmer und kramte unter seinem Bett. Zum Vorschein kam ein alter Suchscheinwerfer von Onkel Titus' Schrottplatz. Justus hatte ihn geschenkt bekommen, weil er seinem Onkel einen ganzen Tag beim Aufräumen geholfen hatte. Seitdem gehörte er zur Spezialausrüstung der drei ???. Er stellte den Scheinwerfer vorsichtig auf die Fensterbank. Mittlerweile war es fast dunkel und als Justus den Scheinwerfer einschaltete, strahlte ein dünner, aber starker Lichtstreifen in den Himmel. Rocky Beach hatte einen Kirchturm und oben auf dem Turm war eine goldene Kugel mit einem Kreuz. Genau auf diese Kugel fiel jetzt der Strahl. Für Peter und Bob war es ein geheimes Zeichen. Es bedeutete: Sofort treffen in der Kaffeekanne. Alarmstufe eins.

Jeder der drei Fragezeichen konnte von seinem jeweiligen Schlafzimmer aus die Kirchturmspitze sehen. Und es war abgemacht, dass man als Letztes jeden Abend noch einmal dort hinsehen sollte. Bei einem solchen Fall übernachtete Justus offiziell bei Bob, Bob bei Peter und Peter wiederum bei Justus. Zumindest wurde das den Eltern und Tante Mathilda erzählt. Auf diese Weise waren alle beruhigt und die drei ??? konnten in Ruhe ihre Vorhaben ausführen. Justus nannte diese Erfindung: den Alibikreisel.

Als Letzter kam Bob zur Kaffeekanne. Er kletterte die Leiter hoch und steckte seinen Kopf durch die Luke. Drinnen saßen Peter und Justus auf alten Matratzen. In der Mitte baumelte eine Petroleumlampe und leuchtete den Raum aus.

»Was ist passiert?«, fragte Bob aufgeregt.

»Wir haben keine Ahnung«, antwortete Justus. »Aber es muss irgendetwas Schlimmes sein. Larson rief mich an.«

»Ist was mit dem Heuler?«, rief Bob erschrocken.

»Hoffentlich nicht«, sagte Justus. »Wir sollten aber für alle Fälle ein paar Sachen einpacken. Schnell, wir müssen uns beeilen!«

Die drei ??? hatten für solche Einsätze alles Nötige in ihrem Versteck gelagert. Peter packte drei große Taschenlampen und ein Fernglas in seinen Rucksack. Bob war für den Kleinkram zuständig, wie Draht, eine Zange, Schnüre und Proviant. Dieser bestand übrigens aus einer angebrochenen Tüte Gummibären, Keksen und zwei Flaschen warmer

Cola. Justus suchte nach dem Vergrößerungsglas, Schreibzeug, Fingerabdruckpulver und all dem, was ein Detektiv so braucht. »Los jetzt!«, rief er. »Der alte Larson wartet auf uns.«

Als sie aus ihrer Kaffeekanne herauskrabbelten, war es bereits dunkel. Weit weg im Westen verschwand das letzte tiefdunkle Rot der untergegangenen Sonne. Die Luft war noch sehr warm und roch nach Staub, trockenem Gras und nach Abenteuer.

Tiere in Gefahr

Wenig später standen die drei ??? vor dem großen Tor von ›Larsons Paradies‹. Aus dem Dickicht tönten die Geräusche der Nacht. Eine Eule zog langsam ihre Kreise auf der Suche nach Beute. Und vom Pazifik her vernahm man das gleichmäßige Rauschen der Brandung.

»Wir hätten Larson auch von zu Hause aus anrufen können«, meinte Peter ängstlich. Doch Justus und Bob öffneten schon das Tor.

»Peter, hol mal die Taschenlampen aus deinem Rucksack! Nachher treten wir noch auf eine Schlange«, sagte Bob.

Das brauchte man Peter nicht zweimal zu sagen. Sekunden später leuchtete er den Weg ab. Schritt für Schritt tasteten sie sich durch den Urwald. Der schmale Pfad schlängelte sich kurvenreich nach unten. Immer wieder musste Justus kleine Äste zur Seite knicken, damit sie keinem in die Augen schnellten. Plötzlich stolperte er über eine Wurzel am Boden, fiel nach vorn und rutschte einige Meter den Weg hinunter. Gerade wollte er wieder aufstehen, als eine kräftige Hand seinen Arm packte.

»Da seid ihr ja endlich«, tönte eine tiefe Stimme. Es war der Kapitän.

»Bin ich froh, dass Sie es sind«, stammelte Justus und rief den anderen beiden zu: »Alles in Ordnung bei mir! Ich bin hier unten mit dem Kapitän.«

»Wisst ihr, was passiert ist?«, begann Larson aufgeregt. »Jetzt hat es meinen Beo erwischt.«

»Ist er tot?«, fragte Bob entsetzt.

»Nein. Er ist einfach weg. Ich weiß nicht mehr, was ich tun soll. Kommt, ich erzähl euch alles in meiner Hütte.«

Kurz darauf saßen wieder alle an dem runden Tisch und tranken heißen Tee. Bob hatte diesmal eine andere Tasse.

»Also«, begann der Kapitän. »Zunächst: Eurem Heuler geht es blendend.« Justus seufzte erleichtert. »Aber als ich abends meinen Rundgang machte, war der Beo weg. Normalerweise rufe ich immer noch einmal in seine Richtung: ›Gute Nacht, du komischer Vogel!‹ Na ja, er ruft dann zurück: ›Gute Nacht, du Saftsack!‹ Diesmal aber nicht. Ich lauf schnell zum Käfig und was soll ich sagen? – Weg. Einfach weg.«

»Wie, einfach weg?«, fragte Justus nach.

»Na, einfach weg eben. Die Käfigtür war zu, aber keine Spur vom Vogel. Dabei hängt ein dickes Schloss vor der Tür. Der Papagei kann sich doch nicht durch die Gitterstäbe verdrückt haben!« Der Kapitän war sichtlich erregt und goss den Rest Rum aus der Flasche in seinen Tee. »Das ist das Ende für ›Larsons Paradies‹«, sagte er leise. »Gumbo ist beim Tierarzt, der Schildkröte geht es auch noch nicht besser und mein Beo löst sich in Luft auf.«

»Ich kann es nicht glauben«, schüttelte plötzlich Justus den Kopf. »Ich guck mir mal kurz den Käfig an und komm gleich wieder.« Er schnappte sich seinen Rucksack und verschwand durch die Tür.

»Jetzt ist auch alles egal«, fuhr der Kapitän fort. »Ohne Tiere keinen Zoo. Ohne Zoo keine Besucher.

Ohne Besucher kein Geld. Ich glaube, ich muss das alles hier doch dem Gerald Hauser verkaufen.«

»Wer ist Gerald Hauser?«, fragte Bob.

»Ach, irgend so ein Makler. Er wollte unbedingt mein Grundstück kaufen, damit hier ein Hotel gebaut werden kann. Seit Wochen bekomme ich diese Briefe von ihm. Seht mal, ich habe einen ganzen Stapel davon. Immer wieder neue Angebote mit immer höheren Geldsummen.« Larson warf die Briefe auf den Tisch.

»Merkwürdig«, überlegte Peter. »Auf jedem Brief ist dieser rote Skorpion als Firmenzeichen aufgedruckt. Passt gar nicht zu einem Makler.«

»Ich hab hier seine Telefonnummer für unterwegs«, erzählte der Kapitän weiter. »Er hat eins dieser komischen Telefone, mit denen man von überall und so …«

»Handys!«, rief Bob dazwischen.

»Genau. Handys. Ich schätze, ich werde bald diese Nummer wählen und damit die Sache zu Ende bringen.«

Plötzlich hörten sie Justus aufgeregt rufen: »Kommt mal alle her! Ich muss euch etwas zeigen.«

»Beim Klabautermann noch mal«, rief der Kapitän. »Hoffentlich ist nicht schon wieder ein Tier verrückt oder futsch.«

Alle rannten zum Beokäfig und sahen Justus, der mit der Taschenlampe den Boden ableuchtete.

»Das müsst ihr euch unbedingt angucken. Auf der Rückseite ist ein Gitterstab weggebogen worden. Der Beo passte dort hindurch und danach wurde der Stab wieder an die alte Stelle gebracht.«

»Das schafft mein Beo niemals«, murmelte der Kapitän.

»Der Beo war es auch nicht. Den Stab hat einer aufgesägt. Hier unten hab ich Eisenspäne gefunden.«

»Die kann man doch kaum sehen«, sagte Peter ungläubig.

»Das stimmt«, fuhr Justus fort. »Darum musste ich die Eisenspäne mit meinem Magneten aufspüren. Hier, guckt mal durch die Lupe, dann kann man sie erkennen.«

Larson, Bob und Peter waren beeindruckt. Wenigstens war jetzt sicher, dass der junge Seehund nichts mit den Vorkommnissen zu tun hatte. Die Geschichte mit der Schiffsplanke hatte sie nur auf eine falsche Fährte gebracht. Doch die andere Möglichkeit erschreckte sie noch mehr. Warum wollte jemand den Tieren im Zoo etwas antun? Und was hatte derjenige noch vor? War vielleicht Jonas, der Seehund, der Nächste? Sie beschlossen, den Heuler nicht mehr aus den Augen zu lassen und die Nacht über Wache zu halten.

Schreie in der Nacht

»Ich weiß nicht«, murmelte der Kapitän und kraulte sich den weißen Bart. »Ihr Jungs hier mitten in der Nacht auf dem Gelände ... ich weiß nicht.«

»Ich finde, der Kapitän hat Recht«, befand Peter, der am liebsten wieder nach Hause gefahren wäre. Er wurde aber bald überstimmt und Justus erklärte seinen Plan: »Also, wir müssen verhindern, dass irgendjemand unbemerkt in den Zoo kommen kann. Der Kapitän bleibt für den Notfall im Haus am Telefon. Peter sichert den Weg zur Wasserseite, Bob versteckt sich am Ausgang und ich werde mich gegenüber in die Büsche schlagen. Und zur Sicherheit halten wir drei Fadenkontakt.«

Fadenkontakt war einer der Tricks der drei ???. Jeder war über einen langen, dünnen Zwirnsfaden mit den anderen verbunden. Bei Gefahr konnte man dadurch lautlos ein Zeichen geben, wenn man daran zog.

»Verstehe«, sagte Larson. »Wenn Peter zum Beispiel in Gefahr ist, zieht er den Faden zu Justus und den Faden zu Bob.«

»Und wie ich den ziehen werde!«, rief Peter dazwischen. »Dreimal kurz, dreimal lang, dreimal kurz.«

»Das bedeutet SOS«, sagte der Kapitän. »Nicht schlecht, Jungs. Ihr kennt euch mit Seezeichen und dem Morsealphabet aus, wie ich sehe. Ich werde euch noch ein paar warme Wolldecken holen.«

Die drei ??? machten sich daran, geeignete Verstecke zu finden und die Fäden abzurollen. Larson brachte jedem noch die Decke und eine heiße Tasse Tee.

»Okay, dann haltet die Augen offen. Denkt an unseren Heuler und schlaft nicht ein!«, schärfte Justus seinen Freunden ein und jeder ging in sein Versteck. Justus hatte sich einen Platz unter einem umgestürzten Baum ausgesucht und breitete die Decke aus. Den Faden zu Bob knotete er an sein rechtes Handgelenk und den zu Peter an seinen linken Fuß.

Inzwischen war es stockdunkel in ›Larsons Paradies‹. Justus knipste seine Taschenlampe aus und langsam gewöhnten sich seine Augen an die Fins-

ternis. Aus dem Urwald drangen unheimliche Geräusche und verhallten an den steilen Felswänden. Um ihn herum raschelte, krabbelte und knackte es und leichte Nebelschwaden zogen vom Pazifik herauf.

Vielleicht war es doch keine so gute Idee, dachte Justus und kontrollierte noch einmal die Zwirnsfäden.

Bob saß zur selben Zeit eingekauert zwischen zwei großen Bananenpalmen. Wenn jemand von oben durch den Eingang käme, musste er direkt an ihm vorbeigehen. Bob starrte ins Dickicht und rieb sich die Augen. Neben ihm wühlte eine Maus im fauligen Unterholz.

Na, dann Mahlzeit, dachte er und wollte einen Schluck Tee nehmen. In dem Moment hörte er ein leises ›Blubb‹ und mit zwei Fingern fischte er einen dicken Käfer aus seiner Tasse.

Peter hockte in einer Felsnische. Von da aus konnte er den ganzen Strand beobachten und auf der anderen Seite weit über das Gelände schauen.

Neben ihm lag ein langer Stock, für den Fall der Fälle. Die Decke hing ihm schützend über die Schultern. Die Schnüre hatte er an seine beiden Daumen geknotet.

Na, wenigstens kann ich von hier alles überblicken, dachte er gerade, als er hinter sich ein leises Brummen vernahm. Peter war starr vor Schreck. Plötzlich spürte er an seinem Rücken einen leichten Druck. Er wagte nicht zu atmen. Etwas glitt an ihm vorbei und bewegte sich langsam unter seine Decke. Wie in Zeitlupe tastete seine rechte Hand zur Taschenlampe. Die andere griff nach dem Stock. Dann fasste er seinen ganzen Mut zusammen, hob mit dem Stock vorsichtig die Decke hoch und hielt die Taschenlampe auf das Wesen. Er blickte in zwei weit aufgerissene grüne Augen und hörte den panischen Schrei einer kleinen Wildkatze.

Peter rutschte, zu Tode erschrocken, nach hinten, die Katze machte einen riesigen Satz nach vorn, die Teetasse fiel um und zersplitterte am Felsen.

Gott sei Dank, nur eine Katze, dachte er und

wischte sich den Schweiß von der Stirn. In dem Moment wurde ein Faden stramm gezogen.

Peter gingen die Nerven durch. So laut er konnte, schrie er in die Nacht: »Alarm! Absoluter Alarm!«

Er zog und zerrte wie wild an den Fäden, bis sie rissen, und vergaß dabei jegliche Morsezeichen. Dann schnappte er seine Decke und rannte, ohne sich umzudrehen, in Richtung Larson.

Fast zeitgleich kamen alle drei ??? an der Hütte an. Jeder war kreideblass und der Schrecken stand ihnen noch im Gesicht.

»Was ist passiert?«, schrie Justus.

»Keine Ahnung!«, rief Bob zurück. »Peter hat plötzlich am Faden gezerrt. Das hab ich dann an deinen weitergegeben.«

»Quatsch, du hast dran gerissen«, stotterte Peter an Bob gewandt.

»Und bei mir hat es dann an beiden Fäden gerüttelt. Was war das?«, keuchte Justus.

»Ich kann euch sagen, was das war«, hörten sie plötzlich Larsons Stimme. »Der kleine Freund hier hat sich in euren Fäden verheddert und die Panik ausgelöst.« Der Kapitän hielt ein ängstlich zusammengekauertes Tier in den Armen, das versuchte, sich von den Fäden zu befreien.

Peter erkannte die kleine Katze mit den grünen Augen wieder, behielt das aber für sich.

»Jungs«, schlug der Kapitän vor. »Ich glaube, für den Rest der Nacht legt ihr euch hier vorn auf die Veranda. Von hier hat man auch einen guten Überblick.«

Alle drei waren sofort einverstanden.

Sonnenaufgang

Justus war der Erste, der erwachte. Er blinzelte müde in die aufgehende Sonne und dachte an die Schrecken der Nacht.

Vom Pazifik her wehte ein warmer Wind herüber. Leise schlich Justus in die Hütte, um nach dem Heuler zu sehen. Aus dem hinteren Zimmer hörte er den Kapitän laut schnarchen. Der kleine Seehund lag in seinem Wäschekorb und schlug vergnügt seine Flossen gegeneinander, als er Justus sah.

»Na, wenigstens hat einer gut geschlafen«, freute sich Justus und nahm den Heuler auf den Arm. Draußen waren schon die ersten Besucher im Zoo und Justus spazierte mit Jonas herum. Wenn die schon keinen Nasenaffen, Beo oder die Schildkröte sehen, bekommen sie zumindest den Heuler zu Gesicht, dachte er.

Vor ihm schlenderte ein Mann und zog Futter aus einem Automaten.

»Sag mal«, rief er Justus zu. »Mein Sohn sagt,

hier gäbe es den lustigsten Nasenaffen der Welt und einen Beo, der fünf Sprachen spricht.«

»Na ja, nicht ganz fünf Sprachen«, lachte Justus zurück. »Aber leider sind die zurzeit ... äh ... da schlafen die noch alle. Aber dieser Seehund hier – das wird die neue Attraktion in ›Larsons Paradies‹.«

»Der ist ja süß. Hat er schon einen Namen?«

»Ja, er heißt Jonas.«

»Wie Jonas, der Seefahrer«, grinste der Mann. »Schade, dass die anderen Tiere noch schlafen. Ich bin Lehrer und suche ein nettes Ziel für einen Klassenausflug.«

»Dann sind Sie hier genau richtig«, antwortete Justus schnell. »Wenn Sie kommen, sind unsere Attraktionen garantiert wieder aufgewacht. Und vergessen Sie dann nicht die Spendendose am Eingang.«

»Ja, ich weiß, der Zoo lebt von den Spenden. Vorhin hab ich schon Geld hineingeworfen. Und deinem kleinen Seehund spende ich diese Erdnüsse. Eigentlich wollte ich den Affen damit füttern, aber wer zu lange schläft, hat Pech gehabt.«

»Erdnüsse? Seehunde fressen doch keine Erdnüsse«, sagte Justus verwundert.

»Seehunde fressen alles. Darin sind sie dem Menschen sehr ähnlich. Glaub mir, ich unterrichte Biologie an der Universität in Rocky Beach. Aber jetzt muss ich los. War nett, dich und deinen kleinen Heuler kennen zu lernen.«

Justus überlegte, ob er dem Seehund die Erdnüsse geben sollte. »Ich weiß nicht«, murmelte er.

»Erstens kann ich das nicht glauben und zweitens hab ich Hunger.« Im Nu war eine Hand voll Erdnüsse in seinem Mund verschwunden, der Rest wanderte in seine Hosentasche.

Larson hatte in seiner Hütte schon ein kleines Frühstück vorbereitet und todmüde trotteten die drei ??? mit ihren Wolldecken in die gute Stube. Bald danach fuhren sie nach Hause, um sich richtig auszuschlafen.

Dschungelfieber

Onkel Titus wühlte mal wieder auf seinem Schrottplatz herum und Tante Mathilda war einkaufen. Sehr gut, dachte Justus. Dann stellt sie wenigstens keine dummen Fragen.

Er ging auf sein Zimmer, schmiss seine Klamotten in die Ecke und warf sich mit Schwung in sein Bett. Sekunden später war er eingeschlafen. Diesmal träumte er, dass er im Dschungel von wilden Affen gejagt wurde. Moskitos saugten ihm sein Blut aus und die Hitze war unerträglich. Es wurde immer heißer und heißer und er wälzte sich in seinem Bett, bis er plötzlich auf dem Fußboden landete.

»Justus, wie siehst du denn aus?«, hörte er Tante Mathildas Stimme wie durch eine Nebelwand. »Du hast ja einen ganz roten Kopf und deine Wangen glühen! Du bleibst im Bett, ich ruf sofort Doktor Simpson an.«

Simpson war Justus' Kinderarzt und wurde beim kleinsten Verdacht einer Krankheit angerufen.

»Ja, kommen Sie sofort!«, hörte Justus Tante Mathilda unten am Telefon. »Es ist dringend. Der Junge hat mindestens 60 Grad Fieber. Der stirbt mir noch. Beeilen Sie sich!«

Natürlich übertrieb sie wieder gnadenlos, aber Justus ging es wirklich nicht besonders. Ihm wurde abwechselnd heiß und kalt und er litt unter Übelkeit.

Kurze Zeit später kam der Arzt und steckte ihm ein Fieberthermometer in den Mund. Doktor Simpson kannte jeder in Rocky Beach. Kein Mensch wusste, wie alt er war, und wahrscheinlich hatte er schon Onkel Titus als Kind behandelt.

»Merkwürdig«, brummte der Doktor. »Merkwürdig, merkwürdig, merkwürdig.«

»Was ist mit dem Jungen?«, rief Tante Mathilda sorgenvoll und wickelte Justus einen Schal um den Hals.

»Keine Angst«, beruhigte sie Doktor Simpson. »Er hat so was wie eine kleine Magen-Darm-Grippe. Das geht schnell wieder weg. Nur diese gelben Flecken auf seiner Zunge ... sehr merkwürdig.«

»Was für gelbe Flecken?«, stöhnte Tante Mathilda. »Justus, mach mal den Mund auf. – Tatsächlich. Doktor Simpson, woher kommt das?«

»Tja, man kann noch nicht viel dazu sagen«, begann er. »Das kann alles Mögliche sein. Was hast du heute alles gegessen, Justus?«

»Ich hab nur gefrühstückt, heute Morgen beim Kapit...« Justus biss sich auf die Lippen. »Bei Bob Andrews. Zwei Toast, Butter, Honig und so ...«

»Daran kann es nicht gelegen haben«, grübelte der Doktor. »Merkwürdig. Mir hat ein befreundeter Arzt gestern eine ähnliche Geschichte erzählt. Einer seiner Patienten hatte auch solche gelben Flecken auf der Zunge.«

»Wer war denn der arme Kerl?«, fragte Tante Mathilda.

»Das ist ja das Merkwürdige. Der Patient war ein Affe. Mein Kollege ist Tierarzt.«

Plötzlich durchzuckte es Justus. Ohne Unterlass knetete er seine Unterlippe und fragte dann entschlossen den Doktor: »Heißt Ihr Kollege zufällig Dreyfuß?«

»Woher weißt du das?«, wollte Doktor Simpson wissen.

»Ja, woher weißt du das?«, fragte jetzt auch Tante Mathilda.

Justus erfand eine Ausrede: »Bobs Eltern sprachen gestern Abend über ihn.«

»Ich mach dir erst mal einen Wadenwickel«, sagte Tante Mathilda und verschwand durch die Tür.

Justus war jetzt hellwach und sehr nervös. In seinem Kopf knisterte es vor Anspannung. Dann suchte er seine Hose, kramte in der Tasche und holte ein paar von den Erdnüssen heraus. »Doktor Simpson, mir fällt ein, diese Nüsse hab ich heute Morgen noch gegessen.«

»Zeig mal her«, sagte der Arzt. Er betrachtete die Nüsse eine Weile und meinte dann erfreut: »Da haben wir ja die Übeltäter. Die sehen auf den ersten Blick aus wie normale Erdnüsse, schmecken auch so, sind es aber nicht. Wo hast du die her?«

»Die hab ... die hab ich ... gefunden hab ich die«, stammelte Justus. Etwas Besseres fiel ihm nicht ein.

Doktor Simpson interessierte es zum Glück nicht: »Das sind Perlnüsse. Sie sehen Erdnüssen täuschend ähnlich. Bei uns wachsen die eigentlich nicht, deshalb hab ich gefragt. Beim Menschen verursachen sie Magenreizungen und erhöhte Temperatur. Die gelben Flecken auf deiner Zunge sind eine allergische Reaktion. Sei froh, dass du kein Tier bist, so wie der Affe meines Kollegen Dreyfuß. Perlnüsse enthalten ein Gift, das Tiere unkontrolliert macht. Ähnlich wie bei Tollwut.«

»Meinen Sie, der Affe hat auch diese Nüsse gefressen?«, fragte Justus.

»Möglich ist alles«, antwortete Doktor Simpson. »Ich meine, wenn diese Nüsse jetzt schon auf der Straße herumliegen ... Ich werde meinen Kollegen diesbezüglich anrufen. Du bleibst bis morgen im Bett. Gott sei Dank sind Perlnüsse für den Menschen nicht lebensbedrohend. Morgen komm ich wieder.« Mit diesen Worten ging Doktor Simpson aus dem Zimmer.

In der Tür stieß er fast mit Peter und Bob zusammen, die gerade die Treppe hochgelaufen kamen.

»Nur eine halbe Stunde, hört ihr? Der Junge muss viel schlafen«, rief Tante Mathilda von unten.

»Wir dachten schon, du liegst in einer Holzkiste«, lachte Bob und setzte sich auf die Bettkante.

»Schnell, Peter, mach die Tür zu!«, flüsterte Justus. »Ich hab euch was zu erzählen.«

Verdacht

»Mach es nicht so spannend!«, drängte Peter und setzte sich auf die andere Seite des Bettes.

»Also, hört mir jetzt gut zu!«, begann Justus. »Um es vorwegzunehmen: Der Nasenaffe und ich sind mit Perlnüssen vergiftet worden. Und ich weiß, wer es war.« Peter und Bob guckten ihn mit offenem Mund an.

»Deine Tante hatte Recht, Just. Du fantasierst«, sagte Bob.

»Quatsch, mir geht es schon viel besser.« Und

dann erzählte Justus den beiden, was er herausbekommen hatte. Die Sache mit den gelben Flecken, Doktor Dreyfuß, mit den Perlnüssen und mit dem Mann im Zoo.

»So ein Schwein!«, rief Bob aufgebracht. »Der hat erst Gumbo die Nüsse gegeben und dann dir.«

»Genau. Aber eigentlich sollte ich die unserem Seehund geben«, sprach Justus weiter. »Der Anschlag galt unserem Heuler. Ich hätte gleich Verdacht schöpfen sollen. Er sagte nämlich, dass er in Rocky Beach an der Universität Bio unterrichtet.«

»In Rocky Beach gibt es gar keine Universität«, rief Peter dazwischen.

»Das fiel mir dann auch ein. Leider zu spät«, sagte Justus.

»Da hat unser Heuler ja noch mal Glück gehabt. Wenn Just nicht so verfressen wäre und die Nüsse selbst aufgemampft hätte ... Wir müssen die Polizei verständigen!«

Justus widersprach Peter: »Was sollen wir der

Polizei denn sagen? Die Geschichte glauben die uns niemals. Wir haben ja nicht einmal ein Motiv.«

»Na ja, mir fällt da etwas ein«, überlegte Peter. »Als du draußen den Beo-Käfig untersucht hast, erzählte der Kapitän Bob und mir etwas von einem Hauser oder so. Der will unbedingt den Zoo kaufen und ein Hotel auf dem Gelände bauen lassen. Larson war schon so fertig wegen seiner kranken Tiere, dass er fast verkaufen wollte. Er hat uns sogar alle Briefe von dem Typen gezeigt. Ich weiß noch genau, wie das Firmenzeichen aussah. Das war so ein roter Skorpion.«

»Ein roter Skorpion auf gelbem Untergrund?«, rief Justus dazwischen.

»Woher weißt du das?«, fragte Peter verwundert.

»Ich habe so einen Skorpion auf einem Auto gesehen. Und zwar auf einer schwarzen Limousine vor ›Larsons Paradies‹.«

»Genau so ein Wagen hat uns doch fast von der Straße gefegt. Wisst ihr noch?«, sagte Bob aufgeregt.

Alle drei redeten jetzt wild durcheinander und waren sicher, dass ihre Theorie stimmte. Es musste nur noch bewiesen werden, dass der Mann mit den Perlnüssen identisch mit Gerald Hauser war.

Justus fasste noch mal zusammen: »Wenn Hauser gleichzeitig der Mann mit den Nüssen ist, dann hat er wahrscheinlich auch den Beo geklaut.«

»Und vergesst die Schildkröte nicht. Er hat sie einfach auf den Rücken in die Sonne gelegt«, ergänzte Bob.

»Es passt alles zusammen«, fuhr Justus fort. »Sein Plan ist also, alle wichtigen Tiere des Zoos auszuschalten, damit der Kapitän Pleite geht und er verkaufen muss. Schachmatt. Aber jetzt denkt mal nach! Zwei Tiere gibt es noch, die das Publikum anlocken könnten. An die Schlange traut sich so leicht keiner heran. Also bleibt eigentlich nur ein Tier übrig.«

»Unser Heuler!«, riefen Peter und Bob gleichzeitig.

Die drei ??? mussten handeln. Sie mussten unbe-

dingt den Kapitän warnen und den Heuler in Sicherheit bringen.

»Wir haben keine andere Wahl«, rief Justus. »Auch wenn Tante Mathilda ausflippt, wir hauen durchs Fenster ab, sonst sieht sie uns.« Peter war der Erste, der hinauskletterte. Dann kam Bob und danach Justus. Unter dem Fenster lag ein kleiner Schuppen für Onkel Titus' Lieblingsschrott. Auf den konnte man bequem steigen und von da herunterspringen.

»Jetzt nichts wie weg!«, rief Justus.

Der rote Skorpion

So schnell sie konnten, rasten die drei ??? über den Asphalt. Justus hatte Angst, sein altes Fahrrad könnte zusammenbrechen. Kurze Zeit später standen sie bei Kapitän Larson vor der Tür. Jonas, der Heuler, klatschte in die Flossen, als er sie wieder sah. Dann erzählten sie dem Kapitän die ganze Geschichte.

»Also nee«, sagte der kopfschüttelnd. »Also nee, ich kann's nicht glauben. Wer macht denn so was?«

»Das werden wir jetzt endgültig herausbekommen. Ich hab auf der Hinfahrt einen Plan entwickelt. Hauser hat doch seine Handy-Nummer auf den Briefen angegeben. Wir müssen einfach nur so lange warten, bis der Typ mit den Nüssen wiederkommt. Der Kapitän ruft dann die Nummer an, und wenn es bei ihm klingelt und er geht an sein Handy – dann ist er entlarvt.«

Der Plan war genial, fanden alle. Nur Bob hatte Zweifel: »Was ist, wenn der Fremde mit den Nüssen hier gar nicht mehr auftaucht? Wir können nicht ewig im Zoo auf der Lauer liegen.«

Justus kratzte sich am Kopf, sagte aber dann zuversichtlich: »Ich bin sicher, dass er kommt. Ich hab so ein Gefühl ...«

Und Justus hatte das richtige Gefühl. Denn in dem Moment schlenderte der Mann am Häuschen vorbei.

»Das ist er!«, rief Justus. »Das ist der Mann, der mir heute Morgen die Nüsse gegeben hat.«

»Der kann jetzt was erleben«, schimpfte Larson und griff nach einer Harpune an der Wand.

»Nein«, rief Justus dazwischen. »Wir brauchen erst noch einen Beweis. Sie müssen ihn anrufen. Und wenn er es tatsächlich ist, müssen Sie ihm Folgendes erzählen: Sagen Sie ihm, dass Sie den Zoo nicht verkaufen wollen, weil Sie ja jetzt den Heuler haben. Es kommen nun wieder ganz viele Besucher und so weiter. Dann erzählen Sie ihm, wie gut es dem Seehund im alten Affenkäfig geht. Das ist wichtig. Der Heuler ist jetzt im alten Affenkäfig!«

»Ist er doch gar nicht«, fiel ihm der Kapitän ins Wort.

»Nein, stimmt. Sie sollen es ihm ja auch nur sagen. So, und jetzt rufen Sie ihn schnell an!«

»Hier ist die Nummer«, rief Peter und hatte die Briefe schon in der Hand.

»Ich weiß nicht, beim Klabautermann noch mal. Ob das gut geht?«

»Nun rufen Sie ihn schon an«, rief Justus drängend und der Kapitän wählte die Handy-Nummer.

»Okay, ich habe ein Klingelzeichen«, flüsterte er und alle starrten aus dem Fenster. »Verdammt, entweder er hört es nicht oder wir haben uns geirrt.«

»Da! Er greift in seine Jackentasche!«, rief Peter aufgeregt.

Und tatsächlich. Der Mann nahm das Telefon ans Ohr und der Kapitän hörte Gerald Hausers Stimme: »Ja, hier Gerald Hauser?«

»Guten Tag. Hier ist Erik Larson. Ich bin der vom kleinen Zoo.«

»Ah, Larson. Was ist, haben Sie es sich überlegt?«, fragte Hauser.

»Ja, hab ich. Ich werde nicht verkaufen. Ich hab jetzt diesen süßen Heuler und die Leute sind ganz verrückt nach dem Kleinen. Zweimal am Tag muss ich meine Spendendose ausleeren. Und der Seehund fühlt sich hier sehr wohl in dem alten Affenkäfig. Ja, ja, da ist er jetzt, in dem alten Affenkäfig, da quietscht er den ganzen Tag vergnügt herum. Auf Wiederhören.« Larson legte auf.

»Super haben Sie das gemacht«, flüsterte Bob.

Hauser steckte sein Handy wieder in die Tasche, ballte wütend die Fäuste und rannte zum Ausgang.

»Kommt, wir müssen sehen, was er vorhat!«, rief Justus.

Die drei ??? schlichen aus der Hütte und verfolgten Hauser in sicherem Abstand. Nach ein paar Minuten sahen sie, wie er auf dem Parkplatz in ein Auto stieg.

»Die schwarze Limousine mit dem roten Skorpion«, flüsterte Peter. Hauser holte wieder sein Handy aus der Tasche und begann zu telefonieren.

»Mit wem redet er wohl?«, fragte Bob. »Und wie geht's jetzt weiter?«

»Ich bin sicher, dass er mit seinen Auftraggebern oder mit seinem Boss spricht. Und ich kann mir auch denken, was er als Nächstes tun wird«, flüsterte Justus.

»Er wird gleich zum Affenkäfig kommen und dann unseren Heuler ...« Die letzten Worte sprach Bob nicht aus.

»Genau«, antwortete Justus. »Kommt, wir müssen vorbereitet sein. Ich erzähle euch meinen Plan auf dem Weg.«

Panik

Die drei ??? rannten aufgeregt zum alten Affenkäfig und währenddessen stellte Justus atemlos seinen Plan vor: »Also: Als Erstes müssen wir Hauser in den Käfig locken, und wenn er drin ist, schlagen wir von außen das Gitter zu und Hauser ist gefangen.«

»Das ist ja ein toller Plan!«, rief Peter zurück. »Warum sollte er da reingehen, wenn er keinen Seehund sieht?«

»Das ist deine Aufgabe, Peter«, fuhr Justus hektisch fort. »Du versteckst dich in einer der Kisten und quiekst wie ein Heuler.«

»Bist du bescheuert, Just? Ich spiele doch nicht den Lockvogel und Hauser geht mir ans Leder!«

»Dir kann nichts passieren«, beruhigte Justus ihn. »Wenn Hauser drin ist, geben wir dir mit einem Zwirnsfaden ein Zeichen und du kannst oben durch das Loch in der Felsenhöhle abhauen. Das Loch ist zu klein für Hauser, für dich ist es genau richtig.«

»Das ist ein guter Plan«, keuchte Bob.

»Ich bin nicht unbedingt ein Fan von Justus' Fadentricks«, schnaufte Peter zurück.

Sie erreichten den alten Affenkäfig. Kapitän Larson kam mit seiner Schlange um den Hals auf sie zugelaufen. »Was habt ihr jetzt vor, Jungs?«, fragte er aufgeregt. Die drei ??? erzählten ihm den Plan.

»Ich weiß nicht, ich weiß nicht«, murmelte er, doch Justus rollte schon einen Faden ab und legte ihn in den Affenkäfig. »Hier, Peter, in dieser Kiste kannst du dich verstecken. Den Faden nimmst du in die Hand und auf unser Zeichen rennst du zum Loch in der Decke.«

»Ich komme da von allein nicht hoch«, sagte Peter ängstlich. Bob schob schnell eine zweite Kiste als Tritt unter das Loch. »Da kannst du raufsteigen und weg bist du.«

»Warum muss gerade ich das machen?«, wollte Peter noch fragen, aber dazu kam er nicht mehr. Justus, Bob und der Kapitän rannten bereits aus der Höhle und versteckten sich im Dickicht. Peter kauerte sich in die Kiste und begann zu quieken und zu heulen wie ein Seehund. In der Hand hielt er fest den Zwirnsfaden. Das andere Ende hielt Justus.

Minuten vergingen, Peter quiekte, doch nichts geschah. Die Spannung war unerträglich. Plötzlich hörte man schwere Schritte. Es war Hauser. Langsam ging er auf den alten Käfig zu und vernahm das Quieken und Heulen von Peter. Zunächst schien er etwas verwundert, aber dann öffnete er geräuschlos die Käfigtür. Doch plötzlich drehte er sich um und verschwand rasch in Richtung Larsons Hütte.

»Der hat den Braten gerochen«, flüsterte Bob.

»Jetzt geht er zum richtigen Heuler.« Justus lief der Schweiß von der Stirn, doch in dem Moment kam Hauser zurück.

»Verdammt«, zischte der Kapitän. »Er hat meine Mistforke in der Hand. Hätte ich die bloß nicht liegen gelassen.«

Jetzt war es zu spät. Hauser schlich in die Höhle und näherte sich Schritt für Schritt lautlos der Kiste. Justus nahm fest den Faden in die Hand.

»Jetzt, Just! Zieh!«, keuchte Bob und Justus zog.

Doch nichts geschah. Die Schnur hatte sich im Scharnier der Käfigtür eingeklemmt. Justus zog nochmals und dann wieder und wieder und plötzlich riss die Schnur.

Peter ahnte nichts von der Gefahr und heulte und quiekte. Jetzt stand Hauser direkt vor der Kiste, aber Peter konnte ihn nicht sehen. Grimmig nahm Hauser die Mistforke in beide Hände und holte aus.

Schlangenzauber

Es musste etwas passieren. Irgendetwas musste passieren. Bob und Justus waren starr vor Angst. Plötzlich sprang Bob auf und mit einem wilden Schrei rannte er auf den Käfig zu. Ohne nachzudenken sprang auch Justus auf und gemeinsam schlugen sie mit einem Krachen die Käfigtür ins Schloss.

»Jetzt lauf, Peter!«, schrien beide so laut, wie sie konnten. »Lauf, Peter, hau ab!«

Hauser wirbelte herum und rannte auf die Tür zu. In dem Moment sprang Peter unbemerkt, aber voller Entsetzen aus der Kiste und stürzte zum Loch.

»Was ist hier los?«, schrie Hauser und rüttelte an den Gitterstäben.

Justus hatte es gerade geschafft, den großen Schlüssel umzudrehen und ins Gras zu werfen. »Wir haben Sie entlarvt, Hauser!«, schrie er zurück. »Sie haben dem Affen die Perlnüsse gegeben. Sie haben die Schildkröte auf den Rücken gedreht und Sie haben den Beo entführt.«

»Ihr kleinen Mistkerle«, fauchte Hauser. »Ja, ich war es. Und ich weiß nicht, warum der Heuler nicht auch krank wurde, aber das wollte ich gerade ändern.« Und er fuchtelte wild mit der Mistforke. »Früher oder später hätte der bescheuerte Larson so oder so verkaufen müssen. Der hat doch eine Macke. Ich hab die Sache nur ein wenig beschleunigt. In einem Jahr steht hier ein Hotel. So, und nun macht die Tür auf, sonst werde ich ...«

»Was werden Sie sonst?«, rief Justus zurück.

»Sonst wird die Brillenschlange hier das alles sehr bereuen!« Er streckte blitzschnell seinen langen Arm durch die Gitterstäbe und packte Bob am T-Shirt. »Was ist jetzt?«, schrie er. »Oder muss ich noch deutlicher werden.«

Plötzlich hörte man ein lautes Poltern aus der Höhle. Peter hatte die ganze Zeit versucht, auf der wackeligen Kiste die Öffnung an der Decke zu erreichen und war mit einem Mal umgekippt. Nun lag er hilflos am Boden.

»Was ist los!«, krächzte Hauser und ließ den zap-

pelnden Bob fallen. »Ach, sieh mal an, da haben wir noch einen. Das wird ja immer besser. Du hast also Seehund gespielt. Ein schlauer Plan. Ihr wolltet wohl den alten Hauser hereinlegen. Aber leider nicht schlau genug. Ihr werdet jetzt ganz artig die Tür wieder aufschließen, sonst ... na, ihr könnt euch schon denken, was mit dem Seehundimitator passieren wird.« Er sprach nun gefährlich ruhig und zeigte die Mistforke.

Die Situation wurde brenzlig. Bob klammerte sich völlig verstört an den Gitterstäben fest. Justus kaute ratlos an seinen Fingernägeln, Peter erwartete kreideweiß das Ende der Geschichte.

Plötzlich blickte er in zwei kleine Augen und eine lange Zunge zischelte vor seinem Gesicht. Die Schlange des Kapitäns! In der ganzen Aufregung war Larson oben auf die Felshöhle gekrabbelt und ließ nun seine Schlange herunterbaumeln. »Los, greif die Schlange!«, rief er atemlos von oben. »Ich zieh dich hoch!«

Von hinten hörte Peter, wie Hauser mit schnellen Schritten auf ihn zukam. Ihm blieb keine Zeit mehr. Vor seiner Nase ringelte sich die Schlange. Sie schien ihn anzugrinsen.

»Nun mach schon, Peter!«, schrien jetzt auch Justus und Bob. »Greif die Schlange!«

Peter wusste nicht, was schlimmer war. Es war die schrecklichste Entscheidung seines Lebens. Doch plötzlich packte er entschlossen das Reptil und wurde in allerletzter Sekunde mit einem Ruck nach oben gezogen. Hauser brüllte vor Wut wie ein gefangener Affe.

Applaus für Jonas

Kurz darauf saßen alle überglücklich auf der Veranda beim Kapitän. Immer und immer wieder erzählten sie sich die Geschichte bis ins letzte Detail.

»Das war unglaublich!«, sagte Peter. »Ich dachte immer, Schlangen seien feucht und glibberig. Genau das Gegenteil war der Fall. Sie fühlte sich warm und weich wie Leder an. Aber einmal reicht mir trotzdem«, lachte er.

»Ich hab bei der Polizei angerufen«, sagte Kapitän Larson. »In ein paar Minuten kommt Kommissar Reynolds, um Hauser abzuholen.«

»Wir können ihn ja vorher noch mal füttern«, grinste Bob und alle lachten.

»Kapitän«, unterbrach Justus die gelöste Stimmung. »Können Sie uns einen Gefallen tun?«

»Jeden der Welt«, antwortete Larson. »Ich bin euch allerhand schuldig.«

»Bitte erzählen Sie der Polizei nichts von uns. Ich glaube, Tante Mathilda würde einen Herzinfarkt bekommen. Ich muss ihr eh schon einiges erklären, wenn ich nach Hause komme.«

»Bei uns ist das nicht anders«, riefen Bob und Peter dazwischen.

»Na klar, Jungs. Ist doch Ehrensache.«

Kurz darauf traf Kommissar Reynolds ein und legte Hauser Handschellen an. Justus nahm glücklich den kleinen Heuler auf den Arm und langsam gingen alle in Richtung Parkplatz. Reynolds nahm seine dunkle Sonnenbrille ab und sah Hauser scharf ins Gesicht. »Na, da haben wir ja einen schönen Fang gemacht. Es sollte mich nicht wundern, wenn wir über Sie eine dicke Akte auf dem Revier haben. Aber eine Weile werden Sie auch so hinter Gittern verbringen müssen. Allein schon wegen Tierquälerei.«

»Mich wollte er mit einer Mistforke abstechen!«, rief der Kapitän dazwischen und zwinkerte den drei ??? zu.

»Das auch noch«, sagte Reynolds. »Dann wird es aber langsam Zeit, dass der Bursche hier aus der Sonne kommt.« Hauser wollte gerade etwas sagen, da steckte ihn der Kommissar schon mit dem Kopf voran in seinen Polizeiwagen.

»Also, Kapitän«, sagte Reynolds anerkennend. »Wie Sie den zur Strecke gebracht haben ... Hoch-

achtung! Jungs, da könnt ihr euch ein Beispiel dran nehmen.« Larson blickte nach unten und wurde rot unter seinem weißen Vollbart.

Es stellte sich heraus, dass Hauser den Beo in einem Hotelzimmer versteckt gehalten hatte. Bald war der Papagei wieder im Zoo und auch die anderen Tiere erholten sich schnell.

»Jungs«, sagte der Kapitän. »Ich weiß gar nicht, wie ich euch danken soll. Ohne euch ... fast wäre Larsons Paradies am Ende gewesen ... ich mag nicht dran denken.«

»Danken Sie nicht uns. Danken Sie dem Heuler!«, antwortete Justus. »Ohne ihn wären wir niemals hierher gekommen. Das Geheimnis seiner Herkunft werden wir wohl nie erfahren, aber die Geschichte wäre ohne ihn ganz anders ausgegangen.«

Das schien auch Jonas zu verstehen. Er streckte stolz seinen Kopf nach oben, quietschte vergnügt und klatschte in seine kleinen Flossenhände.

Der kleine Zoo ist gerettet. Doch schon bald stecken die drei ??? in einem neuen Fall. Diesmal suchen sie einen Piratensender ...

STECKBRIEF
Name:
Justus Jonas
Alter:
10 Jahre
Adresse:
Rocky Beach, USA
was ich mag:
essen, lesen, unbeantwortete
Fragen + Rätsel aller Art, Schrott
was ich nicht mag:
wenn ich Pummelchen genann
werde, für Tante Mathilda aufrä
was ich mal werden will:
Kriminologe
Kennzeichen:
das weiße Fragezeichen
was ich mag:
schwimmen,
Justus und
was ich nicht mag:
für Tante Ma
räumen, Ha
was ich mal werden w
100 Jahre alt
Kennzeichen:
blaues Frage